# La Sombra
# y otros 4 extraños cuentos

Miguel Ángel Itriago Machado

**La Sombra y otros 4 cuentos más**
Miguel Ángel Itriago Machado
mitriago@gmail.com
Todos los derechos reservados conforme a la ley
Portada: Adaptación de la fotografía *Mujer hermosa con sombrero y guantes...* Evgeny Ustyushanin©71562298/Dreamstime.com
ISBN: 9798353316725
Imprint: Independently published

Dedico este libro de cuentos extraños e insólitos, a mi muy querido sobrino, Pedro Gustavo Ott Itriago, en agradecimiento por los ratos alegres y divertidos que con sus ocurrencias me ha hecho pasar desde que él era apenas un niño, aunque se están viendo cosas tan raras e increíbles, que hasta lo más absurdo comienza a parecerme normal y lógico.

# Índice

**LA SOMBRA** ................................................. 9

**EL CYBERBRUJO** ......................................... 83

**EL BESO DEL HALCÓN** ........................... 111

**EL HUECÓLOGO** ..................................... 181

**LA ESQUINA** ............................................. 217

# La Sombra

# La Sombra

## Una extraña mujer

El ingeniero Lucio Soler sabía que la desconocida de oscuros lentes, sombrero, abrigo grueso y guantes negros, nuevamente lo estaba siguiendo a cierta distancia, pues solía hacerlo una o dos veces por quincena, desde hacía poco más de un año, cuando él llegó a Madrid.

Al principio el ingeniero temió que la mujer pudiese ser un señuelo para que lo atracaran; pero con el tiempo descartó esa idea, pues de haber sido esa la intención de la joven, ya lo habrían hecho en cualquiera de las múltiples ocasiones en las cuales estuvo solo e indefenso.

Además, a esas alturas, *la Sombra*, como Lucio la llamaba en sus pensamientos, tenía que saber que él pronto tendría que regresar a su país, por falta de recursos para seguir manteniéndose en Europa.

En efecto, aunque en su tierra había sido un exitoso profesional, como consecuencia de "aquello" había perdido casi todas sus reservas: vivía en una modesta pensión, no tenía trabajo, se alimentaba principalmente de sándwiches o bocatas y no podía darse lujo alguno.

La mujer debía estar enterada de que la situación económica de Soler empeoraría con el pasar del tiempo.

Pensó en denunciar a las autoridades que la joven lo acosaba, pero se acostumbró de tal manera a su seguimiento, que su discreta presencia llegó a agradarle: era su única compañía en el extranjero; y en ocasiones, la extrañaba.

Además, si la denunciaba, ¿qué otro pasatiempo tendría? En las noches, para olvidar su tragedia personal, el ingeniero se dedicaba a pensar en la chica, en las posibles causas de su extraña conducta, a adivinar cómo sería, dónde y con quién estaría, cuál sería su nombre, si era soltera, con quién viviría, de qué color iría vestida el día siguiente, cómo sería su cuerpo en la intimidad...

*—¿Por qué una mujer que, a juzgar por lo poco que he visto de ella, es joven y probablemente hermosa, estando en una de las ciudades más bellas y alegres de Europa, sacrifica casi un año de diversiones, perdiendo su valioso tiempo, solo para seguir a un hombre amargado, solitario y arruinado, como soy yo?*

Sin encontrar respuesta a tantas preguntas, Lucio caía rendido por el sueño; pero pocos días más tarde, la Sombra reaparecía y la historia recomenzaba.

La Sombra solía mantenerse a cierta distancia, la suficiente para no perder de vista a Soler, y lograr huir en caso de que el ingeniero intentase acercársele.

En una oportunidad, para sorprenderla, él entró a una tienda por departamentos, se quitó la chaqueta y salió rápidamente, justo cuando ella entraba. Durante pocos segundos los dos estuvieron separados únicamente por el cristal de la misma puerta giratoria, y sus miradas se cruzaron fugazmente: la de él fue de curiosidad, más que todo para indagar cómo era físicamente su perseguidora, si era bonita o fea; pero la de la joven fue de terror, como la de una niña cuando es sorprendida haciendo algo incorrecto.

En vano Soler intentó hablarle, calmarla, pues ella salió corriendo. Por dos semanas dejó de seguirlo, lo que produjo al ingeniero un gran desosiego.

Decidió no tenderle nuevas trampas y "disfrutar" la próxima vez de su persecución.

## Los mensajes

Durante un tiempo Soler no volvió a ver a la joven, pero tenía la sensación de que la mujer seguía espiándolo, solo que más lejos y tomando mayores precauciones para que él no la descubriese.

Una mañana amaneció de mal humor, porque todo le había salido mal; y, molesto por la incertidumbre, antes de salir de su pensión, escribió un mensaje en un pequeño papel:

*¿Quién eres?, ¿Por qué me persigues? ¿No tienes oficio?*

*Pierdes tu tiempo: no tengo dinero, y no estoy interesado en tu cuerpo.*

Ostensiblemente colocó el papelito en la ventana de una casa abandonada, presumiendo que, si ella lo había observado, la curiosidad femenina la haría salir de su escondite para averiguar qué era lo que había dejado en ese lugar.

Se alejó y de reojo vio salir a la muchacha de un oscuro portal; recoger su mensaje y guardarlo en uno de los bolsillos de su grueso abrigo.

La mujer no reapareció durante tres semanas. Varias veces al día Lucio pasaba por el frente de la casa abandonada, para ver si ella había respondido su mensaje.

Se arrepintió de haberlo escrito:

—¡Seguramente se disgustó, y con toda razón! Ella tiene tanto o más derecho que yo de circular libremente por las calles de Madrid.

¿Qué necesidad tenía de insultarla?

Fui demasiado grosero. Por su timidez y manera de vestir, es obvio que no es una mujer de la calle.

¡Fui un estúpido!

Ahora estoy más solo que nunca. Debo reconocer que ansiaba la persecución de la chica.

Cuando había perdido las esperanzas de volverla a ver, encontró en la misma ventana un papel rosado, perfumado, que contenía un breve mensaje, escrito con letra muy menuda:

No quise hacerte daño, Lucio.

No buscaba tu dinero ni placer carnal.

Te seguía solo por afinidad, para compartir tu dolor y tratar de librarme de mis culpas; aunque mis penas nadie puede compartirlas, ni tú.

No quise molestarte.

No volveré a seguirte. ¡Perdóname!

Avergonzado y con una enorme desazón, Lucio regresó a su cuarto en la pensión, y durante días no salió a buscar trabajo.

Ni siquiera bajaba al comedor en las horas de almuerzo. Sintió que de pronto su estadía en Madrid había dejado de tener sentido.

—Ahora, además de la tristeza por "aquello", tengo la de haber perdido y por mi tonto orgullo, a la única persona cuya presencia, aunque distante, me importaba y anhelaba.

Esa tarde escribió un nuevo mensaje, en un tono muy distinto, que dejó en la ventana:

*Querida "Sombra":*

*Quien debe disculparse soy yo.*

*Siempre me consideré un caballero, pero actué como un hombre grosero y descortés.*

*¡Perdóname!*

*Vine a Europa huyendo de mis problemas, pero son tan grandes que es difícil olvidarlos y dejarlos atrás.*

*Las cosas no me han salido como esperaba, y la desesperación es mala consejera.*

*Veo que conoces mi nombre, pero yo ignoro el tuyo...*

*¿Acaso debería saberlo?*

*No me desagrada que me sigas; todo lo contrario: me gustaría verte, tal cual eres, sin esos lentes que tapan tus ojos, sin ese sombrero que esconde tu cabellera, sin ese grueso y oscuro abrigo que oculta tu cuerpo, que supongo hermoso.*

*Quiero guardarte para siempre en mi mente, hasta el fin de mi vida.*

*Así, cuando no puedas o no quieras seguirme, al menos podré tener la compañía de tu imagen y el consuelo de sentirte cerca de mí.*

*Quizás algún día podamos conversar como seres normales, y no como tristes y errantes sombras...*

## Inesperada sesión de modelaje

Al día siguiente Soler fue a la ventana. Su mensaje no estaba, por lo que supo que ella lo había retirado y leído. Sin embargo, no le dejó respuesta. Tampoco en las tres mañanas subsiguientes.

La cuarta mañana acudió de nuevo a la ventana, y estaba a punto de regresar a la pensión, cuando Sombra reapareció. Para sorpresa de Lucio, no trató de evitar que él la viera: primero, se quitó los negros guantes, y los lentes oscuros, y lo miró fijamente con unos grandes ojos de un bello color, entre el verde y el castaño; luego, apartó su sombrero, liberando una larga y ondulada cabellera clara, que pareció adquirir vida propia, al ser sacudida por el viento; y por el último, se despojó de su abrigo, dejando a la vista un esbelto y sensual cuerpo, resaltado por una ceñida minifalda de color rosa y una blusa de verticales rayas blancas y grises, alternadas.

La joven casi modeló para él, pero se mantuvo a una distancia algo mayor que la de costumbre.

Soler la miró con atención, muy despacio, tratando de grabar en su mente todos los detalles de la bella imagen que por primera vez la chica voluntariamente le ofrecía:

>—*Es latinoamericana; es mucho más joven de lo que pensé...*

*Debe tener unos 20 años; es de piel ligeramente morena, cara ovalada, cuello alto, cabellos largos y bien cuidados, grandes ojos castaños, mejillas rosadas, boca perfecta, sensual, pintada con un intenso color rojo.*

*Es bonita, está muy bien maquillada y posee un cuerpo muy atractivo.*

*Es erguida, de mediana estatura, buenas y provocativas caderas, senos firmes y redondos, finas manos, largas piernas.*

*¡Mi Sombra es mucho más bella de lo que imaginé!*

*Se viste bien: debajo de su abrigo, usa ropas modernas, sencillas, pero de llamativos colores.*

La muchacha lo observó a su vez desde lejos; pero su mirada no era escrutadora como la de él, sino humilde, despojada de todo vestigio de orgullo, reto o lujuria, como si él fuese un juez que debía pronunciarse sobre su belleza.

Parecía decirle:

—¿Así querías verme, Lucio?

*¡Aquí estoy, tal cual como soy, como me lo pediste!*

*Nada especial.*

"Tu Sombra" es una muchacha como cualquier otra de su edad, pero con una gran *pena, una enorme vergüenza que no logra esconder...*

*Hoy me exhibo a ti, como una novia que permite a su amado admirar todo su cuerpo por vez primera, pero sin tocarla...*

*¿Te gusto?*

La joven esbozó una tímida sonrisa, que recordó a Soler la de la Gioconda de Leonardo.

A distancia, Lucio continuó su análisis, mientras muy lentamente se le acercaba:

—*Lo que más me impresiona es que proyecta una enorme tristeza, casi tan grande como la mía.*

*Seguramente vive de alguna renta, ya que alguien con un empleo estable no podría seguirme cuando salgo a buscar trabajo.*

*No recuerdo haberla conocido antes. Debo llevarle casi 20 años y no soy un adonis.*

*Lo más probable es que la muchacha tenga un problema mental y que yo le recuerde a su padre o a alguien a quien amó y perdió.*

*Quizás me confunde con esa otra persona.*

*¡Se llevará un gran desencanto...!*

Temeroso de que lo que estaba viendo en ese momento fuese otro de los muchos sueños que había tenido, en los que la protagonista era la misma joven, Soler siguió acercándosele con mucha lentitud, casi imperceptiblemente, siempre con sus ojos fijos en ella, para no romper el hechizo, para no despertar.

Llegó a estar a tan solo unos diez metros de la Sombra; lo que le permitió observar que los ojos de la bella joven estaban llenos de lágrimas.

Conmovido, se adelantó aún más para abrazarla, tranquilizarla: pero la mujer, como si hubiese despertado de un sueño, se sobresaltó, dio media vuelta y sollozando corrió en sentido opuesto.

Lucio le gritó, siguiéndola:

—¡No corras! ¡Nada tienes que temer de mí! ¡Solo quiero ser tu amigo! Jamás podría hacerte daño.

¿Qué te pasa? ¡Déjame ayudarte! ¡No quiero que sufras!

La joven le respondió:

—¡Perdóname, Lucio! ¡No puedo! No me sigas…

¡Corres peligro, no te convengo!

—¡Me pides algo imposible, Sombra! Jamás te olvidaré. Eres bellísima. ¡Por favor, dime quién eres!

¡Necesito saberlo! ¡Me duele tu dolor!

—Si te digo quien soy, Lucio, siempre me odiarás. Mejor es que no lo sepas jamás. ¡Olvídate de mí, por favor!

Él le contestó:

—¡Ahora que, después de tanto tiempo soñándote, amándote en mis sueños, he podido ver cómo eres realmente, no puedo vivir sin ti! ¡Quédate conmigo!

—¡Mi única felicidad en este mundo es mirarte, contemplarte extasiada, aunque sea de lejos, y ser deseada y amada por ti en tus pensamientos!

¡Me pediste que me mostrara como soy, y te complací, para que no me olvides!

Sé que pronto todo acabará y ni siquiera podré verte... ¡No quiero arriesgarte más!

¡Corres mucho peligro! ¡Adiós, Lucio!

¡Yo también me llevo tu imagen en la mente y en el corazón!

Aunque él corrió detrás de ella, la joven ágilmente desapareció en la maraña de calles del sector donde se encontraban.

Soler regresó a su hostal triste, preocupado y sin saber qué debía hacer para ayudar a la joven.

## Incontrolable angustia

Pasaron varias semanas sin que Soler viese de nuevo a la Sombra.

Siguió saliendo todos los días, incluso con mayor frecuencia que antes, pero no para buscar empleo, sino en un vano intento de encontrarla de nuevo, aunque fuese casualmente.

—*Lo lógico sería pensar que se trató de una equivocación, que esa joven me confundió con otro hombre.*

*Posiblemente con un novio de su juventud o un amante; ya que por más esfuerzos que he hecho, no he logrado encontrar ninguna relación entre ella y yo.*

*Sin embargo, sabe mi nombre: en varias oportunidades me llamó Lucio.*

*Me conoce, ¿pero de dónde?*

*De haberla visto antes, no habría podido olvidar a una mujer tan bella.*

*Es extraño: afirmó que yo la odiaría si llegaba a saber quién era...*

*¿Por qué? ¡No me ha hecho mal alguno!*

*¿Y cuál es el motivo de su tristeza?*

*¿Cómo consolarla, sin saber cuál es la causa?*

*Mi Sombra sabía que yo regresaría a la ventana, para averiguar si había leído mi mensaje; y se vistió, arregló, maquilló y peinó especialmente para que yo la viera bonita y guardara para siempre una bella imagen de ella. ¡Y lo logró!*

La soledad y la desesperación volvieron a anidar en la vida de Soler, y "aquello", la pesadilla que lo había obligado a huir a Madrid, y que la joven en parte le había ayudado a olvidar, retornó a su mente con más fuerza aún que cuando decidió emigrar.

Recordó de nuevo su vida anterior, cuando años antes de irse a vivir en España, era feliz, muy feliz: ejercía su profesión de ingeniero civil y mantenía a su amada esposa y a su hijita de cinco años de edad.

Entonces sucedió "aquello". Siempre usó esa palabra, para evitar revivir los detalles del terrible hecho que destrozó su vida, que le arrebató la felicidad.

—*Señor, ¿qué hice para merecer tan espantoso castigo? ¿Por qué no dejaste que también me asesinaran?*

Una noche, se sintió más cansado que de costumbre… "Aquello" dejó de ser una "palabra escudo" y dejando fluir los horrorosos hechos que significaba, se convirtió en vívidos y dolorosos recuerdos…

Lucio sintió que su corazón comenzaba a latirle muy rápidamente, cada vez con mayor intensidad, de manera arrítmica, incontrolada e incontrolable, como un tren sin frenos, a punto de descarriarse.

En vano trató de tranquilizarse pensando en cosas agradables, ¡hasta en su Sombra!

Se sintió mareado, con náuseas.

El brazo le pesaba, como si fuese ajeno...

Parecía como si una dolorosa serpiente reptaba dentro de sus venas y estuviese abriéndose camino para ir del brazo hacia su tórax.

La serpiente llegó a su corazón y sintió un gran dolor, que se irradió a todo su pecho y le impedía respirar... Su frente se cubrió de un sudor frío.

Con gran dificultad, alcanzó los medicamentos que para esa situación le había indicado su cardiólogo; se los tomó, y avisó por el teléfono interno a Mariano, el administrador de la pensión.

—Mariano. Me siento mal, muy mal...

Por favor, llama a una ambulancia.

¡Es urgente!

Cayó al piso, y no tuvo fuerzas para levantarse...

Oyó una distante sirena.

Varias personas entraron a su cuarto.

Sintió que lo llevaban en camilla.

Cuando lo subían a la ambulancia, detrás del grupo de personas que lo atendían, pudo observar el rostro de su Sombra; y le extrañó que estuviera llorando desconsoladamente.

Sus miradas se cruzaron nuevamente: esta vez la de él fue de despedida, pues estaba seguro de que moriría; y la de ella, de dolor, de inmenso dolor.

Mirándolo fijamente a los ojos, la joven juntó sus manos y le lanzó un beso.

Lucio Soler se preguntó:

—¿Está llorando por mí? ¡Le interesa mi salud!

¿Por qué tendría esa jovencita que preocuparse por mi persona?

¿Quién es?

¿Cómo se enteró tan rápido de lo que está pasándome?

En medio de su gravedad, se alegró de la reaparición de la joven.

¡A alguien en este mundo le dolía su partida!

Como si la joven lo estuviera oyendo, le dijo con el pensamiento:

—Cumplí mi promesa, desconocida Sombra: hasta mi último momento guardé en *mi mente tu tierna imagen, y ahora me la llevo a la otra vida.*

Después, todo se puso oscuro, pero en la pantalla de su cerebro siguió flotando por unos instantes la agradable y colorida imagen de Sombra, con su cabellera al aire, sus labios rojos, su estrecha falda rosa y su apretada blusa de rayas, mirándolo con una tímida sonrisa.

Antes de que la pantalla quedara totalmente negra, Soler pudo exclamar:

—¡La Muerte no es fea...!

## La recuperación

Después de varios días de hospitalización, el doctor José Luis Requena, dueño de la clínica a la cual fue llevado y quien solía visitarlo todas las mañanas, entró nuevamente a la habitación de Soler y le informó:

—El cardiólogo confirmó que lo tuyo fue un principio de infarto. Menos mal que tenías a mano esos medicamentos; de no habértelos tomado en ese momento, no estarías vivo.

Por lo que me contaste, creo que el cansancio o *stress* fue la causa principal de tu afección, pues los exámenes revelan que tienes un corazón saludable.

Tuviste suerte, porque los infartos más intensos son los de las personas todavía jóvenes como tú, ya que sus músculos son más poderosos. Debes evitar angustias y preocupaciones.

—Sabes que eso es imposible.

—Sí, nunca podrás eliminarlas del todo, pero sí puedes filtrarlas.

—Gracias, José Luis, pero hablando de preocupaciones, tengo una muy razonable: en este momento: no poseo seguro alguno de hospitalización, estoy desempleado y no sé cómo podré pagar los honorarios y gastos que mi estadía en este centro está generando.

—Eso no debería ser para ti motivo de angustia, Lucio: tu esposa ya pagó todas las facturas e incluso nos dejó una autorización para que carguemos a su tarjeta de débito cualesquiera gastos futuros o eventuales.

—¿Mi esposa? Debe haber un error: ¡soy viudo!

—Ella se identificó como "la señora Soler" y fue quien firmó todos los documentos para autorizar los tratamientos que te hicimos y los medicamentos que te suministramos.

De no haber sido por las oportunas autorizaciones de ella, estarías en un mundo mejor, aunque algo etéreo.

Dices que eres viudo, pero esa linda mujer no tenía vendas ni el aspecto de haber venido de ultratumba: es una bella, joven y elegante dama. Todos los días pregunta por tu salud. La pobre luce muy afligida.

—Entonces debe ser mi Sombra.

—No me pareció sombría, sino más cristalina, porque me dijo que se llamaba Cristal.

—¿Cristal? ¡Bonito nombre para una bella, frágil y delicada mujer!

—¿No recordabas el nombre de tu esposa? ¿Te sientes bien, Lucio? ¡Posiblemente es un efecto de los medicamentos que estás tomando...! ¿Quieres que te hagamos otros exámenes?

—No, José Luis. No serán necesarios. Me siento mejor que nunca.

Recuerdo perfectamente a esa dama. Solo que no sabía su nombre, pero me gusta.

—¿Ignorabas el nombre de tu mujer?

—Así es, amigo. La vida da muchas vueltas. Uno nunca sabe cuál será la próxima. Era viudo cuando me trajeron aquí, y salgo casado con una bella Cristal, a quien no conozco.

Por lo visto, me esperan muchas otras sorpresas y cristalinos amaneceres.

—Ella me pidió que nada te dijera sobre los pagos que hizo, pero tuve que informarte, porque eres nuestro paciente y tienes derecho a estar enterado de todo. Te agradezco no comentarle nada al respecto, cuando la veas.

—Descuida, nada le diré: Cristal y yo dormimos en camas separadas, aunque nos queremos mucho.

—Ja, ja, ja. Tienes buen sentido del humor. Lo de que se quieren mucho es evidente, por la cara de angustia de la joven; pero no te creo lo de las camas separadas. Aunque lo mejor es que por unos días, no tengan relaciones, todavía no estás para recibir fuertes emociones.

Hablando de otro tema, Lucio: ha pasado una semana desde que saliste de la unidad de cuidados intensivos. Si todo sigue bien, mañana te daremos de alta, una vez que revisemos los exámenes que te hicimos en los últimos días. Pero tendrás que llevar una vida menos agitada.

—Muchas gracias, José Luis, a ti y a todos quienes me atendieron. Es una buena clínica, con competentes profesionales y magnífica atención.

—A quienes debes agradecer es a Dios y a Cristal.

## Muy limpia habitación

Lucio Soler fue dado de alta y abandonó el centro clínico. En la pensión fue recibido con alegría por el señor Mariano.

—¿Cómo está, ingeniero? Estábamos pendientes de usted.

—Gracias, Mariano. Temí no regresar, pero aquí estoy. Tengo que arreglar mi habitación. Debe estar vuelta un desastre, porque salí a la carrera o, mejor dicho: me sacaron a la carrera y en camilla.

—Todo está en orden, doctor. No sabía que usted tuviese una esposa tan joven y simpática.

—¡Yo tampoco!

Cuando Lucio subió a su habitación la encontró completamente limpia y arreglada.

El baño estaba impecable. Ni el cuarto donde había estado recuperándose en la clínica se encontraba en mejor estado de higiene y de aseo.

Al lado de su cama, en la mesita de noche, se encontraba colocado un portarretrato de plata, con una fotografía de su esposa Aída y de su pequeña hija Betty, fallecidas cuando "aquello" sucedió.

Frente al recién pulido portarretrato, había un pequeño florero con una gran rosa roja y un pequeño botón rosado, ambos de extraordinaria belleza; un vaso de agua y varias cajas con las medicinas que le habían prescrito en el hospital.

Lucio encontró una fina ropa de dormir debajo de la almohada, de la cual emanaba el aroma de un fino perfume de mujer.

En una de sus esquinas la almohada tenía estampado un beso del mismo color rojo de los labios de su Sombra.

Se dirigió a Mariano, quien había subido para llevarle un pequeño bolso:

—Fue "mi mujer" quien te mandó a arreglar mi cuarto, ¿verdad Mauricio? Espero que ella no haya visto mi tradicional desorden.

—Sí lo vio, porque la joven fue quien personalmente lo limpió y acomodó. Quise ayudarla, pero no lo permitió. Dijo que eran con cosas muy personales e íntimas de usted y de ella.

—¿Dijo que mis cosas también era algo íntimo para ella?

Pero no se equivocó: esa fotografía es algo tan íntimo para mí, que la tenía guardada en mi equipaje, sin nada que la enmarcara. Jamás me había atrevido a sacarla de mi maleta desde "aque…"

¡Bueno, desde hace mucho tiempo!

—Perdone mi indiscreción, señor ¿Quién es la bella dama de la foto?

—Esa era Aída, mi esposa, o mi anterior esposa, porque ahora me salió una nueva y mucho más joven; y la niñita, era mi hija Betty, ambas fallecieron el mismo día hace casi dos años.

—Lo siento, ingeniero. Su nueva pareja debe ser una mujer muy buena, porque, a pesar de ser tan joven trató esa foto con mucha delicadeza y respeto, casi con veneración: la oí rezar por ellas.

—¡Perdona, Mariano, pero todavía estoy muy débil y mi médico me ordenó evitar hablar sobre temas dolorosos, y no hay ninguno que para mí sea más doloroso que ese...!

—No hay problema, señor.

Cualquier cosa, estaré en la recepción. Para mí será un placer serle útil.

Si quiere, le sustituyo esa pequeña cama sencilla por una matrimonial, no sabía que estaba casado.

Su esposa puede venir cuando quiera, sin ningún pago adicional.

—Gracias, amigo. ¡Si la ves, tráemela! La esperanza es lo último que se pierde.

Al quedar solo, Lucio se asomó por la ventana, y vio a su Sombra, contemplándolo desde la acera de enfrente.

Recordó el beso que ella le había lanzado para darle ánimo cuando a él lo montaban en la ambulancia, y repitió el gesto lanzándole él un beso de agradecimiento.

Cristal se lo devolvió de igual manera; luego sonrió satisfecha e inmediatamente se esfumó...

—*Nunca la había visto sonreír alegremente. ¡Qué bella es! ¡Lástima que esa sonrisa solo duró segundos!*

Cansado, se desvistió, se bañó, y ataviado con su nuevo pijama, se acostó en la inmaculada y perfumada cama.

—*¿Quién será esa joven? No puedo negar que hace todo cuanto le es posible para agradarme... ¡y lo ha conseguido! No recuerdo haber conocido antes a una Cristal, ¿será ese su verdadero nombre?*

Y por primera vez desde "aquello", Lucio durmió feliz toda una noche...

## Las cosas comienzan a mejorar

La chica desapareció durante cierto tiempo, pero las cosas comenzaron a mejorar para Lucio:

Una mañana el doctor Requena, quien durante su hospitalización se había hecho muy amigo de él, lo llamó:

—Buenos días, Lucio, ¿cómo sigues? Carmela me pregunta siempre por ti.

—Tu esposa me ha ayudado mucho. Cuando viene me levanta el ánimo con sus chistes y ocurrencias. Me siento muy bien, mejor que nunca, José Luis, ¿y tú?

—Igual, pero con demasiado trabajo. La junta directiva me encargó de la remodelación del centro médico.

Nada sé de eso y necesito un maestro de obras. ¿Aceptarías ese trabajo? Reúnes las condiciones para asumir esa responsabilidad.

Vi tu expediente y quedé impresionado.

—¿Viste mi expediente? ¡No recuerdo habértelo entregado!

—Cristal se lo entregó a Carmela. Dijo que le sacó una copia al que encontró en tu maleta. La remuneración no es muy alta, pero podría aumentar con el tiempo.

—Acepto encantado, amigo. Cualquier sueldo para mí será bueno. No te imaginas lo feliz que me siento de poder trabajar; ya estaba dispuesto a dedicarme a cualquier cosa.

—Debo confesarte que previamente hice otra llamada.

—¿Sí? ¿A quién?

—A la empresa constructora donde trabajaste antes de venir a España. Me dieron excelentes referencias. Dicen que eres un magnífico ingeniero civil, pero que por un problema personal decidiste emigrar y abandonar todo allá. ¿Es cierto?

—Sí. Algo muy malo me sucedió. Pero preferiría no hablar de eso. Tú mismo me aconsejaste no recordar cosas que me produjeran angustias, y esa ha sido la peor de todas.

—Te entiendo. Puedes comenzar a trabajar desde hoy mismo, si gustas.

—Me bañaré, vestiré y saldré para allá. Muchas gracias, José Luis, a ti y a Carmela, por confiar en mí. Haré todo lo que pueda para no defraudar esa confianza.

—Por nada. Saludos a tu esposa.

—Se los daré cuando la vea.

Bien afeitado, peinado y con un elegante traje de casimir, Soler fue al hospital.

Al salir, no notó que desde una de las ventanas de la edificación del frente, su Sombra lo observaba con una sonrisa de orgullo y de satisfacción.

Justo en ese momento, Lucio pensaba:

—*Esa mujer, Cristal, que se hace pasar por mi esposa, tiene que ser un ángel que me envió Dios para que me ayudara:*

*¡Es increíble que una mujer tan joven, me haya conseguido trabajo, cuando yo llevo meses intentándolo infructuosamente!*

## ¡Búscala, Lucio!

La remodelación de las viejas instalaciones se realizó en tiempo récord y con una gran economía de recursos y de dinero para el centro médico, cuyos directivos le encomendaron varias obras más.

Aunque había llegado a tener buenos ingresos, Soler no quiso mudarse de su pensión, pues no perdía las esperanzas de volver a encontrarse algún día con Cristal.

Lucio visitaba con frecuencia a los Requena.

A pesar de que ellos eran mayores que Soler, el grado de amistad fue tal, que el ingeniero les contó su vida, incluyendo "aquello".

—¡Necesito ver de nuevo a Cristal, amigos! ¡No hago más que pensar en Sombra! Me hace mucha falta.

¡Cuánto añoro aquel día en que asustado descubrí que me seguía; y pensé que quería atracarme!

¡Tengo mucho que agradecerle! No sé qué habría sido de mi vida, de no haber sido por esa muchacha y por ustedes...

Carmela, le dijo:

—Lo más probable es que esa chica viva muy cerca de tu pensión, Lucio.

De otra forma ¿cómo podía seguirte justo cada vez que salías? ¿Cómo pudo enterarse de tu principio de infarto y estar ahí en el mismo momento en que te montaban en la ambulancia?

En tu lugar, yo la buscaría en tu vecindario.

Lucio le respondió:

—No creo que esa elegante joven viva en un sector tan modesto como el mío. Parece tener una buena posición social, Carmela.

José Luis estuvo de acuerdo con lo dicho por Lucio:

—Es cierto. Durante tu enfermedad hablé varias veces con ella. Es una joven encantadora, simpática, bella, aunque embargada por una gran tristeza. Se viste muy bien.

Debe estar residenciada en un barrio de clase alta.

Pero Carmela no dio su brazo a torcer:

—A una mujer enamorada, poco le importaría vivir debajo de un puente, si desde allí puede observar a su amado.

Te apuesto que se mudó cerca de la pensión donde vives, para verte y controlarte mejor.

Lucio no pudo evitar reír:

—Ja, ja... ¿De verdad supones que esa joven está enamorada de mí; que ansía verme y controlarme? Das por supuesto, Carmela, que esa linda joven está loca... Solo es un alma caritativa.

Pero de ahí a que ella me ame, cuando ni siquiera hemos hablado, hay un largo trecho.

—¡Los dos están enamorados, uno del otro! Jamás me he equivocado en cosas del corazón, Lucio.

Hablé con ella una vez cuando estabas en la Unidad de Cuidados Intensivos y vi en sus ojos que sufría como una mujer enamorada por su esposo, novio o amante; y cuando me entregó tu expediente, reconocí en ella el orgullo de quien hace algo por su ser amado.

Con tanto misterio, esa jovencita lo que busca es que te fijes en ella. De no ser por ese enigmático comportamiento, ni te habrías dado cuenta de su existencia.

Está tan enamorada que hasta modeló para ti. ¡Casi fue un *striptease* en plena calle!

Además, *El hombre tiene la edad de la mujer que ama*. Un hombre de 32 años no es un viejo. José Luis tiene 68 y todavía es joven, porque yo tengo 57. y Cristal es una chica de apenas unos 20 años de edad. De modo que esa es tu verdadera edad.

¡Tienes toda una vida por delante, muchacho! ¡No la desperdicies, ni arruines la de ella!

—No te equivocas, Carmela, al afirmar que yo amo a esa extraña joven. No puedo negarlo, porque cada minuto pienso en ella, hasta dormido.

Me devolvió la alegría, la esperanza, la vida; pero no creo que Cristal esté prendada de mí. Nada tengo de especial y no he vuelto a verla ni a saber de ella, desde que me subieron a la ambulancia.

Si yo le importara, Cristal habría buscado una forma de encontrarse conmigo.

Además, tengo miedo a algo que ella misma me dijo: que si yo llegaba a saber quién era, la odiaría para siempre.

Se hizo un profundo silencio.

José Luis fue el primero en romperlo:

—¡Algo le impide a esa joven revelarte quién realmente es, Lucio! Tienes que averiguar qué le pasa; y para saber cuál es ese obstáculo, primero tendrás que localizarla.

Carmela, demostró que tenía mayor sagacidad que su esposo José Luis y que Lucio:

—Hay un camino que puedes seguir para hallarla: ella pagó tus gastos médicos con una tarjeta de débito. José Luis podría averiguar discretamente a quién pertenece esa tarjeta y que teléfono o dirección ella indicó a la administración de la clínica, para que la localizaran si acaso surgía algún inconveniente con el pago...

José Luis exclamó:

—¿Cómo no pensamos antes en eso, Lucio?

Carmela insistió:

—¡Búscala, hijo! ¡Ahora es tu turno! Lo peor que podría pasarte es quedar como estás en este momento. ¡Es posible que sea Cristal quien ahora necesite de tu ayuda! ¿Te vas a quedar acostado en una hamaca, esperando que la joven mueva cielo y tierra para reencontrarte o para pedirte ayuda?

¿Crees que eres el único hombre que existe en el mundo? ¿Y si se enamora de otro? ¡Qué poco conoces el alma femenina, Lucio!

¿Qué habría sido de ti, si esa joven hubiese actuado de forma tan pasiva como lo estás haciendo ahora?

## ¡"Aquello"!

Esa misma noche, cuando Lucio regresó de la casa de los Requena, Mariano le dijo:

—Ingeniero, hoy recibió una llamada de su país, de un tal José Gómez Merchán. Pidió que le devolviera la llamada apenas regresara, pues le tiene buenas noticias.

Aquí le anoté su teléfono, me indicó que es un número directo.

El corazón le dio un vuelco a Lucio cuando oyó ese nombre:

José Gómez Merchán era el detective que llevaba el caso del secuestro y asesinato de su esposa Aída y de su hijita, Betty.

Con la mano trémula por la emoción, tomó el papel que Mariano le ofrecía y aparentando naturalidad le respondió:

—Como siempre, has sido muy eficiente y amable, amigo. Gracias.

Devolveré la llamada al señor Gómez desde mi cuarto, usando mi teléfono personal.

—Como usted quiera, ingeniero. Si no logra comunicarse, puede usar nuestra central telefónica. Ya le instalé la cama matrimonial en su cuarto.

Es totalmente nueva. ¡Que la disfrute!

Soler subió a su cuarto y llamó al número que Mariano le había indicado.

Lo atendió el comisario José Gómez Merchán.

—Hola, ingeniero Soler. Espero que ya esté mejor. El encargado de la pensión me informó que estuvo hospitalizado.

—Es cierto, comisario. Tuve un principio de infarto, pero eso fue hace meses y ya estoy completamente normal.

—Me alegro. ¿Se acuerda de Jacobo Quijada, alias *Mandinga*?

—¿Cómo podría yo olvidar a ese canalla, comisario?

Lucio recordó que ese miserable, con su banda de desalmados, secuestró a su pequeña hija y a su esposa; y le dio solo 36 horas para que le pagara por ellas un rescate de $ 3.000.000.

Vendió todo lo que tenía, incluso los bienes que le dejaron sus padres, y por problemas bancarios se demoró solo cinco horas más de lo previsto en hacerle la transferencia a una cuenta en el extranjero que ese monstruo le indicó, que resultó ser una cuenta fantasma, a nombre de una falsa empresa, *redireccionada* para a su vez transferir automáticamente los fondos a otros bancos.

Llamó al secuestrador y le manifestó que ya había hecho la transferencia.

El maleante le respondió que entonces podía buscar a su hija y a su esposa en un rancho en las afueras de la ciudad, y le aconsejó que la "próxima vez" le pagara con mayor puntualidad.

Cuando Lucio llegó al lugar, los restos de Aída y de Betty colgaban del techo del rancho, descuartizados.

El forense dijo que ambas habían sido asesinadas dos días antes y que mostraban señales de haber sido salvajemente torturadas Ese sádico las había asesinado antes de que se venciera el plazo que él mismo había fijado a Lucio para pagarle el rescate.

—Tiene razón, Soler. Es imposible olvidar lo que ese malvado le hizo.

Siento hacerlo revivir esos ingratos momentos.

Él y su banda se convirtieron en un azote para la comunidad: después de ese doble secuestro, ejecutaron nueve más, de los cuales cinco también terminaron con la cruenta muerte de los rehenes.

El *modus operandi* de ellos suele ser el mismo: secuestran a una madre con su hija, y exigen rescate para liberarlos; y aún antes de recibir el rescate, asesinan sádicamente a sus rehenes.

¡Pero hace varios meses pusimos fin a su historial de crímenes! Dieron por muerta a una adolescente secuestrada que, aunque malherida, logró escapar y nos llevó a su madriguera.

Los sorprendimos en su guarida. Hubo un fuerte intercambio de disparos, con el que salvamos la vida de la madre de la menor que había logrado escapar.

Mandinga y cuatro de sus hombres perecieron; y apresamos a otros tres de la banda. Del lado nuestro solo tuvimos dos heridos graves.

Otro bandido, uno llamado *La lacra*, quien era el lugarteniente de Mandinga, se nos escapó.

Es muy peligroso y dicen que huyó hacia la frontera con Colombia. No lo hemos encontrado, pero Interpol está alerta. Pronto caerá en nuestras manos.

—Me alegro que hayan exterminado a esa plaga.

—Le tengo una buena noticia, ingeniero. Es la razón de esta llamada: El secuestrador no pudo recibir ni gastar los $ 3.000.000 que usted le envió.

El banco corresponsal congeló esa transferencia, porque resultó que la cuenta de destino fue cerrada por alguien minutos antes de que entrara. Ignorando que se trataba del pago de un rescate, ese banco corresponsal llamó al titular de la cuenta de destino y no pudo localizarlo. Después lo llamó a usted, pero tampoco pudo contactarlo; por lo que por orden del Tribunal que investigaba las muertes de su esposa e hija, colocó el dinero en una mesa de dinero, o limbo, hasta recibir las instrucciones pertinentes.

Nos enteramos de eso, porque, como recordará, con su expresa autorización esa cuenta estaba siendo monitoreada por Interpol.

Al no poder realizar la transferencia a la cuenta de la empresa fantasma de Mandinga, el banco corresponsal trató de pedirle instrucciones para reintegrarle el dinero y sus intereses a su misma cuenta en el banco emisor; pero usted se había ido del país y no pudieron contactarlo.

El tribunal de la causa reconoció que ese dinero es suyo, ingeniero, y ayer ordenó devolvérselo. Puede disponer del mismo como y cuando quiera.

—¡Por fin, una buena noticia, comisario!

Creí que había perdido todos mis bienes.

Para pagar ese rescate, rematé en menos de tres días todo cuanto tenía, el esfuerzo de toda mi vida hasta entonces, y los bienes que me dejaron mis padres.

Había olvidado por completo que tenía esa cuenta en el extranjero. Suponía que ya no tendría fondos y no volví a meterme en la página del banco.

No obstante, nadie podrá devolverme las vidas de mi esposa y de mi niña, que era lo más importante para mí.

¿Será que a Mandinga le remordió la conciencia y decidió restituirme mi dinero?

—No, Soler, ese hombre nunca se arrepintió de sus crímenes.

Parece que poco después de asesinar a Aída y a Betty, una persona del entorno de la banda bloqueó la transferencia usando, sin autorización, las claves secretas del jefe; e incluso, cerró definitivamente la cuenta de destino para que él jamás pudiera recibirlo.

Eso ocasionó serios problemas internos a la banda, especialmente entre los dos jefes.

Cada uno acusó al otro de haberlo robado.

—Gracias, comisario. Sin saber que tenía ese dinero, pasé muchos trabajos para sobrevivir en España; pero el sacrificio me ha servido para recodar que a los inocentes los protege Dios, superar mi depresión y reconocer a mis buenos amigos, entre los cuales se encuentra usted.

—Es un honor, ingeniero Soler.

—El honor es mío.

—Le agradezco informarme cualquier otra novedad.

Si necesita algo en Madrid, acuda directamente a mi amigo, el inspector Pedro Loaiza, quien es el encargado de Interpol en Madrid.

Él me ayudó a localizarlo y está enterado de todo. Dígale que va de parte mía.

—Lo tendré en cuenta.

Muchas gracias, comisario.

## Cristal

Conforme a lo que había ofrecido a Lucio, José Luis Requena, en su condición de director del centro clínico, pidió a la administración información sobre quién, cuándo y cómo había realizado el pago de los gastos de hospitalización del ingeniero.

La administración, a su vez, solicitó esa misma información al contador de la institución.

Tan pronto recibió respuesta, Requena llamó a Soler y le pidió que fuera a su casa, porque Carmela estaba muy interesada en la identificación y localización de la chica, y quería estar presente cuando abrieran el sobre que el contador había enviado a su esposo.

Según el contador, el pago había sido hecho por la ciudadana Cristal M. Sánchez, con una tarjeta de crédito emitida a su nombre por un banco de Madrid.

No hubo problema alguno con el pago.

El servicio de seguridad del departamento de administración de la clínica mantenía un registro fotográfico de todas las personas y transacciones referentes a los pagos; por lo que, además de la foto de Cristal, quedó archivado su documento de identificación nacional, y un número de teléfono en el cual podía ser localizada.

Carmela exclamó satisfecha:

—Bueno, ya sabes quién es tu dulcinea, Lucio. Ahora solo te falta ir a hablar con ella.

—¿Y si Cristal piensa que lo que hemos hecho es una violación a su derecho a la intimidad, Carmela? Recuerda que ella no quiere que yo me entere de quién es...

—No, Lucio. Lo más probable es que algo le haya pasado. No es normal que una mujer que te seguía como si fuera tu sombra, que se hacía pasar por tu esposa para pagar tus cuentas y se metía en tu cuarto y en tu baño, para limpiarlos y acomodarlos, de pronto haya desaparecido sin darte explicación alguna.

José Luis opinó:

—Debemos ser más prudentes, Carmela. Ni siquiera sabemos si está casada.

Si Lucio se presenta de golpe en su dirección, podría causarle graves problemas.

Esa chica lo ha seguido y ayudado, no le ha causado daño alguno. Sería muy triste que la perjudicara, por malinterpretar sus sentimientos.

—Jamás he afirmado que ella esté enamorada de mí, José Luis.

Es más, no lo creo. Simplemente les he dicho que yo sí me enamoré de ella.

Carmela intervino:

—¿Y qué vas a hacer cuando la encuentres, Lucio? ¿Seguirla platónicamente desde lejos, sin ningún contacto verbal o físico, como ella lo hizo durante varios meses, más de un año? ¿Convertirte en "la sombra de tu Sombra"? ¿Esa es tu idea del amor perfecto, de la felicidad?

—No, Carmela; pero hoy me conformaría solo con verla u oír su voz, aunque sea de lejos... Quiero saber que está bien.

Cristal me ayudó cuando yo necesité su ayuda, lo lógico es que yo también me haga cargo de ella. No sabemos las necesidades por las cuales probablemente esté pasando.

Lo menos que podría hacer es restituirle su dinero, porque ahora dispongo de suficientes fondos para hacerlo. Sabe Dios cuántos apuros pasó para hacer esos pagos en mi nombre.

La esposa de su amigo exclamó, horrorizada:

—Me perdonas, Lucio, pero nada tienes de romántico: estás llevando esa relación a un plano comercial.

Esa chica no quiere eso. ¡Devolverle su dinero sería insultarla!

Es una joven mujer, amigo, en el esplendor de su vida, que quiere que la desees, que la beses y abraces, que les digas al oído tiernas palabras de amor y otras no tan tiernas; y que ansía sentir tus caricias y vivir contigo momentos de loca e irrefrenable pasión.

José Luis exclamó, avergonzado:

—¡Carmela, compórtate! ¿Qué pensará Lucio de ti?

—Pensaré la verdad, José Luis: que Carmela es una mujer sabia, inteligente, sincera y llena de amor; que eres muy afortunado por haberte casado con ella.

—¿Y qué harás, amigo?

—¡Buscaré a Cristal y seguiré los consejos de tu esposa! Hasta ahora siempre ha tenido la razón.

## De nuevo en la calle

Lucio llamó varias veces por teléfono al número que había dejado Cristal al centro clínico. Nadie respondió. El servicio había sido suspendido.

Haciéndose pasar por la misma Cristal, Carmela llamó a la jefa del departamento de atención a los clientes de la empresa emisora de la tarjeta de débito, y reclamó que no le había llegado el estado de cuenta donde aparecía el pago, y que lo necesitaba con urgencia, ya que la clínica alegaba que existía una supuesta diferencia de cantidades entre la suma pagada y el monto de la factura.

Inmediatamente le enviaron un mensaje con la copia del estado de cuenta, en el cual figuraba la dirección de Cristal: vivía en el apartamento 5-C, quinta planta del edificio Residencias Valdepeñas, calle 16, número 1256.

José Luis reconoció:

—Tuviste razón, Carmela, cuando dijiste que era una de las vecinas de Lucio.

Soler manifestó:

—Ojalá que también tengas razón en lo de que Cristal me ama.

Esta tarde, desde temprano montaré guardia escondido desde mi ventana, y después que la vea entrar a su edificio, y esté seguro de que lleva varios minutos dentro de su apartamento, tocaré a su puerta: pero no sé con cuál pretexto hacerlo.

Carmela le dijo:

—Solo tienes que decirle, Lucio, que fuiste porque tienes unas enormes ganas de besarla, apurruñarla y amarla. Después de todo, esa es la verdad. Y es lo que ella espera.

José Luis le advirtió:

—Creo, amigo, que muy pronto vas a regresar a mi hospital, pero no por un principio de infarto, sino por un sartenazo, y tengo la sospecha de que esta vez Cristal no te pagará los gastos de hospitalización.

Todos rieron.

## Desagradable sorpresa

Aunque había decidido esperar hasta las 6 de la tarde para ir a visitar a Cristal e invitarla a cenar, Lucio aprovechó que había regresado temprano de las obras, para hacer una visita previa al edificio Residencias Valdepeñas.

—*Inspeccionaré el lugar, para sentirme más seguro.*

*Si alguien me pregunta, le diré que quiero averiguar sobre un apartamento que me ofrecieron en arrendamiento en el piso 7.*

Pero no tuvo que dar explicación alguna. La recepción estaba vacía.

Subió por uno de los ascensores hasta el piso 7, y seguidamente bajó por las escaleras, pasando rápidamente por el piso 5, en el cual observó que cada planta tenía cuatro apartamentos, distinguidos con las letras A, B, C y D, precedidas del número 5.

El pasillo tenía un ventanal de iluminación que daba hacia la avenida.

Desde allí pudo observar claramente su propio cuarto en la pensión.

Sonrió y dijo para sus adentros:

—*Nuevamente Carmela acertó.*

*Desde cualquier ventana de su apartamento que dé hacia la calle, Cristal puede verme y seguir todos mis pasos. Desde aquí observo mi cama, la mesita de noche y hasta el portarretratos. Ojalá que también tenga razón al afirmar que Sombra me ama.*

Lucio regresó a su cuarto, y se dedicó a observar con los viejos binoculares que le prestó Carmela, a todas las personas que entraban o salían al edificio donde vivía Cristal.

Desde su posición, contó 7 plantas hacia arriba: pues el edificio tenía una mezzanina, además de la planta baja.

El apartamento 5-C era el tercero de izquierda a derecha. Solo tenía una ventana abierta, la de la cocina; pero no observó movimiento alguno dentro de él.

Llevaría apenas unos 20 minutos asomado, cuando la vio entrar, con su abrigo, a las Residencias Valdepeñas, cargando unos abultados y pesados paquetes.

Lucio no tuvo tiempo para esconderse: Cristal volteó hacia su ventana e intencionalmente, como si hubiese sabido que estaba viéndola, le dirigió una mirada de súplica y desesperación.

Su aspecto era muy diferente al que le exhibió cuando posó para él: tenía vendajes que le cubrían el ojo derecho, su rostro estaba inflamado, con moretones, y cojeaba.

Entones vio que detrás de ella, casi empujándola, caminaba un hombre corpulento, moreno, calvo, vestido con un pantalón azul y una apretada franela roja.

Esa situación desorientó totalmente a Lucio, quien hasta ese momento había soñado con una cita romántica, solo con ella, a la luz de las velas:

—¿Qué le habrá pasado? ¿Habrá tenido un accidente? ¿O fue un atraco? ¿Quién será ese hombre? ¿Su esposo? ¿Está casada con ese mal encarado? ¿Qué hago ahora?

Muy triste, sin retirarse de su mirador, llamó a José Luis; pero quien le atendió fue Carmela, pues el médico estaba encerrado en su biblioteca:

—Hola, Lucio, ¿Cómo te fue? ¿La visitaste?

Con pocas palabras, contó a la esposa de su amigo lo que había visto.

—Creo que me hice demasiadas ilusiones, Carmela. Sombra está casada.

—Dices que era ella quien cargaba los paquetes?

—Sí, parecían muy pesados. Le costó abrir la hoja de la puerta del edificio.

—¿Estás seguro de que Cristal llevaba vendas y tenía moretones?

—Sí. Los binoculares que me prestaste son muy buenos y tienen mucho aumento.

—¿Y él? ¿Cargaba algún paquete?

—No. Su esposo tenía las manos libres, excepto por un pequeño teléfono móvil.

—¡Ese no era su esposo, Lucio! Y de haberlo sido, no merecería serlo.

—No todos los esposos son tan corteses y galantes como el tuyo, Carmela.

—Cualquiera que medio la quisiera, viéndola herida y renqueando, se habría voluntariamente ofrecido para llevarle por lo menos uno de esos paquetes.

—Es cierto, pero ese no parece un hombre fino de buenos modales. Tiene pinta de malandro, de atracador.

—¡Y eso es lo que es, Lucio! ¡Ese hombre la llevaba contra su voluntad!

—¿Cómo puedes estar tan segura de eso?

—¿No me acabas de contar que ella te vio, con una mirada de súplica, y desesperación, como pidiendo ayuda?

—Sí. Se quitó los anteojos y vio hacia mi ventana. Su cara era de angustia.

—¿Y antes, cuando tenía su cara bella, te la ocultaba?

¡Esta vez trató de que la miraras, Lucio! Por eso, se quitó los anteojos. ¡Quiso que la vieras y te dieras cuenta del estado en que se encontraba!

—¿Y qué hago, Carmela? ¿Llamo a la policía? ¿Con qué motivo?

—¡No hay tiempo para eso! ¡Vuelve a ese edificio inmediatamente y toca la puerta de su apartamento!

—¿Y qué les digo, si me abren?

—Tú, solo ve allá y toca la puerta de ese apartamento hasta que él o ella te abran. Si no te la abren, la tumbas.

¡Lo demás, déjamelo a mí!

Desde la biblioteca José Luis, preguntó a su esposa:

—¿Llamó alguien?

—Sí.

—¿Quién?

—Fue una llamada equivocada. Una señora infartada pidiendo que le enviaran una ambulancia de urgencia.

La pobre no puede comunicarse con emergencia y no tiene dinero.

Le pedí sus datos y ofrecí enviarle inmediatamente la ambulancia de tu hospital. Me responsabilicé por todos los costos. ¿Tienes algún inconveniente, amor?

—¡Ninguno, Carmela! Me conoces muy bien: siempre hay que ayudar a los demás. Llama a Ramón, él es quien se encarga del servicio de ambulancias.

—Gracias, querido.

Carmela llamó al hospital:

—Buenas tardes, Ramón. Soy la esposa del director, el doctor José Luis Requena.

—Buenas noches, doña Carmela, ¿cómo está?

—Muy bien, gracias. Perdona la molestia, hijo, pero José Luis me pidió que te llamara a fin de que envíes inmediatamente una ambulancia a una mujer infartada. Se trata de Cristal M. Sánchez; y está en el apartamento 5-C, del edificio Residencias Valdepeñas. ¡Es urgente!

—En este momento una de nuestras ambulancias está muy cerca de ese sitio, señora. Le ordenaré que vaya de inmediato.

En menos de cinco minutos un médico, el doctor Julio García y dos enfermeros estarán entrando a ese apartamento.

¿Tiene el teléfono de la señora Cristal para confirmar la dirección?

—No es necesario confirmarla, Ramón. Esa dirección la tomó personalmente José Luis, y sabes lo meticuloso que es mi esposo. Lleven todo el equipo necesario.

—A esa ambulancia nada le falta, doña Carmela, prácticamente es un quirófano rodante; pero ¿y si no nos abren?

—Si no les abren es porque la señora se desmayó. Llamen a los bomberos o a la policía y tumben la puerta, pero no dejen morir a esa pobre mujer. Mi esposo y yo respondemos por todos los gastos.

—Su palabra me basta.

Saludos al doctor Requena.

—Con gusto, hijo.

Después de terminar la llamada que hizo a Ramón, Carmela se dirigió a su esposo:

—¿Serías tan amable de acompañarme un momentico, José Luis?

—Claro, querida. ¿A dónde quieres ir? ¿Qué llevas en ese paquete? Parece pesado.

—Vamos a visitar a nuestro amigo Lucio Soler. En el paquete le llevo algo, por si llega a necesitarlo. ¡Iremos en taxi!

—¿Pasó algo, Carmela? ¿La mujer supuestamente infartada es Cristal?

—Sí, José Luis. ¡Es ella!

Nada ha pasado todavía, pero muy pronto algo grave sucederá. ¡Lo presiento!

—¿Otro presentimiento? ¿Va suceder algo que ya programaste?

No metas en líos a Soler, el pobre ha sufrido cosas horribles, tuvo un principio de infarto y no debe pasar sustos ni angustias.

¿Siempre tienes que estar inventando algo para meternos en un problema?

—Nuestra vida matrimonial, José Luis, es demasiado bella para que yo la malgaste sentada en una mecedora, aburrida y tejiendo medias de lana que nadie usará; o para que tú solo cures enfermos que de todas maneras más tarde morirán.

Prefiero llenarla de acción, emoción, suspenso y, especialmente, de romance; sentir que sigo viva.

—Gracias a ti, cariño, el romance siempre nos ha sobrado y sobrará.

## Dentro de la boca del lobo

Para ir más rápido, Soler bajó por las escaleras de la pensión. El vigilante estaba en su puesto, pero indicó que no podía dejarlo entrar sin una autorización de los residentes de del apartamento.

Segundos después se oyó el ulular de una sirena, y luces, rojas, blancas y azules iluminaron la estrecha calle cuando la enorme ambulancia del hospital se detuvo frente al edificio.

De ella descendieron, corriendo, el doctor García y dos enfermeros.

García reconoció a Lucio, pues este era el encargado de la ejecución de las obras del centro hospitalario:

—Eres el doctor Lucio Soler, y trabajas en nuestra clínica, ¿verdad? ¿También te envió Requena?

—Sí.

El médico ordenó al vigilante:

—¡Déjelo pasar! ¡Es de los nuestros!

Uno de los ayudantes opinó:

—Parece que se trata de un caso grave, el doctor Requena ordenó que tumbáramos la puerta, caso de ser necesario.

El médico preguntó al vigilante:

—¿Tienen equipos para esos casos?

—Sí, algunos, en el cajetín de los bomberos.

—¡Búsquelos y súbalos al quinto piso!

En ese momento se abrió el ascensor. El doctor García gritó, señalando a Lucio:

—¡Emergencia! Solo el doctor Soler, mis dos ayudantes y yo, podemos entrar al ascensor. ¡Nadie más!

Lucio subió con ellos. Estaba muy asustado, porque no sabía qué había pasado a Cristal, e ignoraba que la ambulancia había sido enviada por Carmela, inventando que la chica había sufrido un infarto.

Apenas se abrió el ascensor, Soler llevó directamente al equipo de emergencia hasta la puerta del apartamento 5-C. No tuvo problemas para ello, porque pocas horas antes había estado allí.

Lucio tocó fuertemente la puerta. Nadie respondió.

Volvió a tocarla, con más fuerza aún;

—Cristal, soy yo, Lucio. ¡Ábreme, por favor!

Se escucharon tres fuertes detonaciones seguidas, provenientes de una pistola de gran potencia y luego una lluvia de astillas de madera cayó sobre quienes estaban en el pasillo: las balas atravesaron la puerta justo cuando Lucio se había inclinado para ayudar a unos de los enfermeros a cargar el equipo de emergencia. Una de las balas rozó ligeramente el hombro de Lucio, quien comenzó a sangrar.

Desde adentro se oyó una voz ronca, desagradable:

—Sé quién eres, Soler. ¡Nadie se burla de mí! Y tú te quedaste con mis dólares. Vine a buscarlos. ¡Quítate de esa puerta o mataré a esta perra, como hice con tu esposa y tu hija!

Ordené a Cristal que te siguiera, y esa traidora se enamoró de ti.

Hasta pagó tu hospitalización con mis reales.

¿Querías quitarme a mi mujer? ¿Esa era tu venganza? ¿Crees que no me enteré de que estabas detrás de ella?

Soler reconoció esa voz inmediatamente y la sangre se le heló en el corazón:

—¡Es Mandinga, el asesino de Aída y de Betty!

Me dijeron que había muerto.

A través de uno de los grandes huecos que habían dejado las balas en la puerta, Lucio vio que el maleante tenía aprisionada a Cristal y que apuntaba una enorme pistola negra a la sien de la chica.

Sin pensarlo más, dijo al chofer de la ambulancia:

—¡Llame inmediatamente a la policía! Ese hombre es un criminal peligroso.

En eso llegaron José Luis Requena y su esposa. Lucio les pidió:

—Por favor, comuníquense con el inspector Pedro Loaiza, quien es el encargado de Interpol en Madrid, y díganle que el comisario José Gómez Merchán me pidió acudir a él.

Explíquenle que Jacobo Quijada, alias Mandinga, el asesino de mi esposa y de mi hija, está dentro de este apartamento. Que no ha muerto. Cree que está cercado por la policía y tiene como rehén a una mujer llamada Cristal Suárez.

Si se entera de que aquí solo está un equipo de emergencias médicas, saldrá y disparará contra todos. Será una gran tragedia.

Ese hombre disfruta matando. Me consta.

El vigilante había subido con los equipos para los bomberos.

Soler dijo:

—Déjelos ahí y retírese. Usted no tiene armas.

Dirigiéndose a José Luis, le sugirió:

—Ordena a todo los del equipo médico que desciendan y se refugien en lugar seguro.

Requena le respondió:

—¿Y tú, que harás? ¡Estás herido en el hombro!

—Es una herida superficial. Me quedaré.

Carmela exclamó:

—¿Para qué te vas a quedar, Lucio? ¡Tampoco tienes armas!

—Ya no me importa la vida, amigos, perdí a mi esposa, a mi hija y a la mujer de quien después me enamoré, quien por lo visto resultó ser la amante del asesino de mi esposa y de mi pequeña hija. ¿Recuerdas, Carmela, que Sombra me dijo que si yo descubría quién era, la odiaría para siempre?

Es raro. Eso me dijo, pero en este momento no la odio...

Más bien me preocupa.

Carmela le respondió:

—Te entiendo amigo.

El amor es más fuerte que el odio.

No la juzgues todavía: no sabes cuál es su relación con ese asesino...

Puede ser otra víctima, como tu esposa y tu hija.

Perdona, Lucio, que con mi tonto romanticismo te haya hecho venir a la boca del lobo.

José Luis exclamó:

—¡No cometas una locura, Lucio! Espera que llegue la policía. Ellos saben cómo solucionar estos asuntos y tienen los equipos y armas necesarios.

—Él no esperará. ¡No puedo dejarlo escapar, José Luis!

¡Salgan todos ahora mismo de aquí!

Ya veré qué hago para distraerlo mientras ustedes buscan refugio y llega la policía.

Todos, menos Soler, abandonaron el piso 5, pero José Luis y Carmela en vez de bajar, subieron al piso superior para no abandonar a su amigo.

**¡No, Lucio! ¡No lo hagas!**

Soler gritó a Mandinga:

—¡Estás rodeado, miserable! Hasta ambulancias trajo la policía. No escaparás de esta.

El comisario Gómez Merchán no cayó en tu trampa, cuando trataste de hacerle creer que el cuerpo que encontraron era el de La lacra.

—La lacra pagó bien caro haberme traicionado. No murió acribillado por las balas de la policía, sino por las mías. Igual le pasará a esta traidora.

—¡Si la dejas salir, te entregaré los $ 3.000.000!

—¡Ah! ¿De manera que sí es verdad que existe algo entre ustedes?

¡Acabas de firmar su sentencia de muerte y la tuya también!

Soler siguió tratando de ganar tiempo:

—¡No la mates! Te propongo un trato...

—¿Otro trato? ¿Igual que cuando me ofreciste darme los $ 3.000.000? ¿Crees que soy tonto?

—Solo me demoré unas pocas horas por problemas bancarios.

—¡Fuiste tú quien las mató! ¡Cometiste el error de avisar a la policía!

Supe que estabas aquí y envié a Cristal para que te siguiera. Pero los bancos retuvieron el dinero más tiempo del que yo pensaba.

Sé que recientemente el Tribunal ordenó que te lo devolvieran ...

Viviste un año de más, solo porque estuve esperando que te lo entregaran, pero esta maldita se enamoró de ti, y quiso advertirte. Esos dólares son míos, no tuyos.

—Siempre fueron míos, y si matas a Cristal, nunca te daré ese dinero; ni saldrás vivo de aquí, cobarde.

Tu única garantía de vida somos ella y yo. Si la matas, la policía entrará a buscarte a sangre y fuego. ¡Serás hombre muerto! ¡Y yo disfrutaré mis dólares!

¿No oyes las sirenas? Están llegando refuerzos para los cuerpos policiales que ya están aquí. ¿Crees que sin mi ayuda lograrás escapar con vida?

Por primera vez, Lucio percibió un ligero temblor en la voz del delincuente:

—¡No creo en ti! Tratas de engañarme nuevamente.

Soler se arriesgó:

—Tú eliges: ¡Sales vivo y con dinero, o muerto! Tienes pocos segundos para decidir y para vivir.

El secuestrador le preguntó:

—Dime primero cómo me garantizarás la salida y mi vida.

Lucio le respondió:

—Libera a Cristal y yo seré tu nuevo rehén.

Mandinga no respondió de inmediato. Después de unos segundos de vacilación, le dijo:

—Acepto el cambio de rehén, tú por ella; pero no la dejaré salir hasta que tú hayas entrado solo y desarmado.

Adentro, Lucio escuchó la voz de Cristal:

—¡No lo hagas, Lucio! ¡Te matará! ¡Deja que me mate a mí, ya no me importa! Nada valgo...

¡Te amo, Lucio, te am...!

La joven no pudo continuar: El malandro le golpeó la cara con la cacha de su pistola. Luego la haló por su larga cabellera y le cayó a puñetazos y a patadas.

Lucio observó lo que pasaba dentro del apartamento a través de una de las rendijas que los huecos de las balas habían dejado en la puerta de madera, y le gritó:

—¡Basta, cobarde!: Acepto el trato. Entraré solo y desarmado.

Si me matas o la matas, tú también morirás.

Soy tu única y última oportunidad de que puedas salir vivo.

Afuera, se oían numerosas sirenas.

Ruido de voces y órdenes de mando se oían por las escaleras.

Desde el suelo, Cristal le gritaba:

—No, Lucio. ¡No lo hagas!

¡No valgo la pena!

## Dentro del apartamento

Se oyeron nuevos golpes y patadas, y la voz ronca, gangosa del maleante, que le ordenaba:

—¡Entra ahora mismo o la mato ya! Tengo el arma apoyada sobre su cabeza.

Soler le respondió con voz decidida:

—¡No puedo entrar! ¡La puerta está cerrada por dentro!

¡Ábrela!

Una nueva pelea y gritos de dolor se oyeron detrás de la puerta. Lucio dedujo que el hombre trataba de que Cristal le entregara la llave.

La joven gritó:

—¡No tengo la llave encima! ¡Está dentro de las bolsas!

—Búscala, tienes cinco segundos para hacerlo: cinco, cuatro, tres, dos, uno...

Al final de esa cuenta regresiva, Soler oyó dos terribles explosiones casi simultáneas dentro del apartamento.

Furioso y desesperado, Lucio se lanzó contra la puerta, la cual hizo pedazos, pues los anteriores disparos del maleante la habían debilitado.

Cayó en el suelo, muy cerca del cuerpo de Cristal, que estaba sobre un gran charco de sangre, todavía con una pistola humeante en sus manos.

A los pocos metros, Mandinga estaba tendido e igualmente bañado en sangre.

Entendiendo que la joven valientemente se había arriesgado a disparar contra su secuestrador para salvarlo de una muerte segura, Lucio recordó el consejo de Carmela.

Decidió no esperar más para expresar su amor a la chica. Todavía en el suelo, se inclinó sobre ella, y la besó sin decir palabra alguna.

A pesar de estar muy malherida, Cristal sonrió "como la Gioconda", y no obstante su grave estado, tomó la cabeza de Lucio con ambas manos y le dio otro beso.

Pero el delincuente no estaba muerto, e indignado por la escena de amor que estaba viendo, alcanzó a agarrar de nuevo su pistola que había caído a pocos pasos de él, y apuntó el arma hacia la espalda de Lucio, que tenía a escasos metros.

¡Era imposible que fallara ese blanco!

Un fuerte disparo retumbó dentro de la pequeña sala del apartamento, e interrumpió la romántica escena.

Soler volteó sorprendido y asustado, y vio dentro del apartamento a José Luis, con un enorme revólver en la mano; y detrás de él, a Carmela.

El médico le explicó, señalando con el humeante cañón de su revólver al cuerpo sin vida del asesino:

—Perdona, pero cuando beses a una mujer, no se te olvide mirar a tus espaldas... Menos mal, Lucio, que antes de salir para tomar el taxi, Carmela decidió traer mi revólver, por si acaso.

La oportuna y rápida intervención del médico, había salvado a Lucio y a Cristal.

El doctor García y sus enfermeros entraron, y el doctor Requena les ordenó que llevaran urgentemente a Cristal a su hospital.

La joven estaba en muy grave peligro de muerte, pues tenía una enorme herida en el abdomen, que le había hecho perder mucha sangre; además de los daños externos e internos que le habían ocasionado los numerosos golpes y patadas de su captor.

Carmela se le acercó y le dijo:

—Su estado es de extrema gravedad. Reza por ella, hijo.

Soler quiso seguir a Cristal, pero las autoridades no lo dejaron.

El funcionario que comandaba a las fuerzas de seguridad, se presentó poco después a Lucio:

—Gusto en conocerlo, ingeniero Soler. Soy el inspector Pedro Loaiza, mi amigo, el comisario Gómez Merchán, me habló muy bien de usted. Llegamos tan pronto pudimos, aunque quizás demasiado tarde. La joven está muy grave y su estado es de pronóstico reservado.

El doctor Requena nos contó todo. Actuó usted de manera muy valiente, aunque arriesgada. La joven sabía que Mandinga tenía otra arma en la bolsa, y con el pretexto de buscar la llave, tomó la pistola.

Ambos dispararon casi simultáneamente, y recíprocamente se hirieron, pero la chica llevó la peor parte, porque el hampón estaba acostumbrado a manejar armas, y ella, no.

Después, el doctor Requena equilibró la situación al liquidar al secuestrador.

Solo y sin armas, usted, Soler, manejó inteligentemente la situación y logró evitar que ese peligroso delincuente escapara.

—No estuve solo, inspector: mis amigos los Requena se quedaron. De no haber sido por la puntería de José Luis, no estaría en este momento hablándole.

¿Si la joven logra salvarse, la arrestarán?

—No, ingeniero. No hay ni puede haber cargo alguno contra ella. Según nuestras fuentes, Cristal Suárez fue otra de las víctimas de ese canalla.

Hace unos cinco años, siendo ella casi una adolescente, salía de un supermercado con su madre, la señora Sofía de Suárez, y Mandinga a punto de pistola se las llevó secuestradas.

En las afueras de la ciudad, Gómez Merchán encontró el cadáver de la señora Sofía, con varias perforaciones de bala. Posiblemente intentó impedir que el desalmado tratara de violar a su hija.

Mandinga se llevó a Cristal y a pesar de que la chica solo tenía 14 años, la obligó a convivir con él.

Puede imaginarse el calvario que vivió la joven, cohabitando con el asesino de su madre.

Hace más o menos un año, huyendo de la justicia de su país, forjando los pasaportes que había arrebatado a otras de sus víctimas, él ingresó a la comunidad europea e hizo pasar a la chica como hija suya.

Lucio le hizo una pregunta, aunque de antemano sabía que ese no era el campo de Loaiza:

—¿Cree usted que Cristal se salvará?

—No sé, Soler. Según la señora Carmela, eso dependerá de Dios, de la Medicina y de usted.

## Tres meses después

Cristal estuvo debatiéndose varias semanas entre la vida y la muerte.

De no haber sido por el apoyo anímico de Lucio, quien la visitaba todos los días, habría sido muy difícil que sobreviviera.

Cuando la dieron de alta, ella dijo a Lucio:

—¿A dónde iré? No me atrevo a regresar a ese horrible lugar.

—Hace tiempo que Mariano y Carmela solucionaron ese problema, querida.

—¿Cómo?

—Mariano instaló una cama matrimonial en mi cuarto de la pensión... Creo que los primeros meses deberías descansar. Me pareció que ese cuarto es muy agradable, pero no se te olvide cerrar la ventana cuando te desvistas, porque te verán desde el edificio de enfrente.

—Ja, ja. Veo que descubriste que te espiaba.

—Y yo noto que ya no te sonríes como la Gioconda, sino que te ríes abiertamente. Eres otra.

—Porque estoy alegre, Lucio. Estoy empezando una nueva vida. Todo me parece bello y agradable. Cuando estoy a tu lado me siento segura, respetada...

—Y amada.

—Es verdad. ¿Y de qué se encargó Carmela?

—De todos los trámites para nuestra boda, si es que estás de acuerdo.

—¡No lo vas a creer, Lucio! Durante cinco años, nadie me pidió que decidiera algo, bueno o malo.

Todas las decisiones las tomaba Mandinga, yo simplemente obedecía. Era su esclava.

Pero poco a poco fui adquiriendo valor. Fui yo quien bloqueó su cuenta para que no pudiese robarte los $ 3.000.000.

No sospechó de mí, porque ignoraba que yo accidentalmente descubrí sus claves.

No me creía capaz de manejar su computadora. Ese hampón siempre creyó que había sido La lacra. Hubo terribles peleas y discusiones entre ellos por eso.

Me alegra que la primera vez que en verdad decido algo sobre mi vida, y que ahora sea para decidir por mí misma sobre lo que será más importante para mi futuro.

—¿Y qué decidiste, Cristal? ¿Aceptas casarte conmigo?

—¡Claro que acepto, Lucio! Es la decisión más bella y trascendente que he tomado en mi vida. Desde que era una niña no sabía qué era la felicidad. Por fin la encontré o, mejor dicho: ¡te encontré!

—Nos encontramos, amor.

—Me dedicaré a hacerte feliz, seré tu sombra.

—Ya no tienes que ser mi sombra, ni caminar detrás de mí, ni perseguirme, querida. Puedes ir delante de mí, a mi lado, donde quieras y como quieras...

—¡Caminaremos siempre juntos, Lucio!

—Hablando de caminar juntos, tenemos que apurarnos: el cura nos espera.

—¿Puedo designar a nuestros padrinos?

—Claro: tú decides.

—Me gustaría que fuesen Carmela y José Luis.

—Lo adiviné. ¡Ellos también nos esperan!

*El Cyberbrujo*

## *El Cyberbrujo*

El famoso brujo Atchu-Ist, se bajó de su lujoso Rolls-Royce blanco frente a la estación de la televisora, donde sería entrevistado por Samantha Lavalle, la hermosa reportera del programa más visto en el país.

Para que pudiese entrar al estudio, sus escoltas tuvieron que luchar contra un enjambre de admiradores que lo aclamaban.

Atchu-Ist, mejor conocido como el *Cyberbrujo*, era un hombre de 1,70 m, cuerpo ovoide, moreno, de negro y lacio pelo, con una pollina que le llegaba casi hasta los ojos, mejillas abultadas, boca muy pequeña, lampiño.

Se presentó totalmente vestido de blanco, con un gran tabaco encendido en la mano, aunque no fumaba.

Después de hacer al numeroso público una profunda y prolongada reverencia, al estilo oriental, el brujo se sentó frente a la periodista.

—Buenas noches, Atchu-Ist. Es un placer conocerte. ¡Por fin pudiste venir a nuestro programa!

—Es que estaba muy ocupado dictando mis conferencias virtuales sobre brujería en el exterior, Samantha. Son más de 100.000 *brujonautas* que diariamente me piden orientación.

Te confieso que nunca había oído hablar de ti, ni he visto tu programa.

Si no es por un viejo amigo que me recomendó venir, no habría tenido el gusto de conocerte.

Recibo decenas de invitaciones por día, aunque hasta ahora jamás había asistido a una.

Es la primera vez que el público puede verme en televisión y que acepto que me hagan una entrevista.

—Gracias, Atchu-Ist. Es un honor. ¿Sobre qué trataban tus conferencias?

—Sobre *cyberbrujería*, la brujería moderna, mi amor.

—¿Podrías explicarnos mejor eso? ¿Qué se entiende por *cyberbrujería*?

—Hace muchos siglos, los brujos éramos sucios, y estábamos desnudos o mal vestidos; nos comunicábamos con señales de humo, trabajábamos en sitios oscuros, y lo hacíamos gratis o a cambio de gallinas, cerdos o vegetales.

No le dábamos la debida importancia a nuestra profesión y los médicos aprovecharon nuestra ingenuidad para desplazarnos y para cobrar grandes sumas por los mismos servicios que nosotros prestábamos a cambio de nada o de muy poca cosa.

Samantha lo interrumpió:

—¿Y ahora?

—Ahora, gracias a Internet, yo he refinado y dignificado la brujería.

He logrado volver a poner en su sitio a los médicos; pero para eso he tenido que invertir varios millones de dólares y otros tantos de euros.

—Eso quiere decir que también has ganado mucho dinero, Atchu.

—Bueno, en realidad en su mayor parte han sido generosas contribuciones de mis clientes, las cuales me vi obligado a aceptar para no ser descortés. No podía desairarlos.

—¿Y cuál es el motivo de esas millonarias contribuciones?

¿Agradecimiento?

—Desde luego. El agradecimiento no es criticable. Es una hermosa y gran virtud.

—¿Y qué has hecho tú por tus *brujonautas*, para que se hayan sentido tan animados a darte millones de dólares y de euros, como pequeña muestra de su agradecimiento?

En otras palabras: ¿qué has hecho para merecer esa gratitud?

—Mucho, Samantha: les he dado mi sabio consejo.

—¿Tanto valen tus consejos? ¿Qué tienen de especial?

—¡La felicidad no tiene precio, Samantha! Poseo el secreto de la felicidad. Nadie puede dar lo que no tiene. Solo quien conoce ese maravilloso secreto, puede transmitirlo y asesorar a otros sobre cómo ser feliz.

—Me imagino que tus consejos no son todos iguales, tienen que variar de acuerdo con las circunstancias y personas que los reciben.

—Falso, querida: es un único consejo secreto, igual para todos.

Con uno solo basta para ser feliz.

—¿Y cuál es ese maravilloso consejo secreto?

—Si te lo dijera no sería secreto, pero en privado podría darte una idea aproximada, si me haces una transferencia irrevocable de US$ 2.000.000,00, o su equivalente en euros, a la cuenta corriente cifrada en un banco del exterior que mi secretaria te indicará.

—Creo haber entendido que me quisiste decir que es un secreto tan grande, que quienes lo oyen quedan felices para siempre; y que entonces, agradecidos, te donan esa significativa cantidad...

—Más o menos, Samantha. Pero la donación no es posterior al consejo que doy a mis clientes y al eventual agradecimiento de ellos, sino que tiene que ser previa, "para que no se me vayan con la cabuya en la pata".

No obstante, debo reconocer que tengo un problemita técnico: la inmensa mayoría de mis *brujonautas* queda decepcionada. Yo diría que todos, para serte sincero.

Extrañada, la periodista le preguntó:

—¿Y tú les devuelves su dinero si quedan descontentos?

—No. ¿Estás loca? Si se los devolviera no sería un brujo moderno, sino uno de los de antes.

El dinero que mis clientes me entregan no es el pago de un servicio, sino una modesta y anticipada expresión de agradecimiento. Es una donación que ellos me hacen, independientemente de que mi consejo les resulte bueno o malo.

—Pero por ese monto, tus clientes preferirán contratar a un médico de fama mundial.

—Los médicos pueden dar salud, no felicidad. En todo caso, un *brujonauta* feliz preferirá darme ese dinero a mí, antes que a los médicos.

—Pero si ellos no se sienten felices con el consejo que tú les das, lo justo es que les devuelvas su dinero.

—Eso no sería lo justo, porque mis clientes jamás podrían devolverme mi consejo en el mismo estado de privacidad en que se los di; ya que, aunque digan que lo olvidaron, siempre lo tendrán guardado en sus cerebros; y, sin hacerles una trepanación, yo no podría borrárselos.

Un consejo es algo que quien lo recibe, voluntariamente lo sigue o no lo sigue. Yo no puedo obligar a mis clientes a estar de acuerdo con mi sugerencia de felicidad. Si no la siguen, allá ellos.

Pero devolverles el dinero, jamás: "Al que regala y quita, el diablo lo visita". ¿Acaso un médico deja de cobrarte si el tratamiento que te recomendó no te funciona?

—Los llamas "clientes", eso quiere decir que hay una relación contractual entre ellos y tú.

—Lo que pasa es que mis abogados me recomendaron no llamarlos "pacientes", porque no tengo título de médico y legalmente no puedo ejercer la medicina; pero eso es una cuestión de mera sutileza semántica.

—¿No estudiaste medicina? Pero existe el rumor de que curas enfermos...

—Yo no los curo. Se curan ellos solos. ¡Ni los toco! Esa es la ventaja de Internet: ellos me transfieren mis $ 2.000.000 de dólares por esa vía, y yo les envío mi consejo por la misma vía. Nada de largas y costosas sesiones de brujería. La *cyberbrujería* es instantánea.

—¿Y si alguno de los *brujonautas* que han recibido tu consejo sobre la felicidad, lo divulga y te hace la competencia vendiéndolo, por ejemplo, en tan solo $ 1.000.000?

—No puedo negarte que algunos clientes deshonestos tuvieron el descaro de divulgarlo, pero las personas a las que se lo revelaron, se rieron de ellos y los calificaron de tontos o de estafadores.

La gran mayoría de quienes lo obtuvieron se niegan a comunicarlo a otras personas, porque la gente se burlaría de ellos por haberme pagado tanto dinero. Hay quienes tienen la desfachatez de alegar que ya lo sabían.

Por ello, antes de dárselo, a todos les exijo que me firmen un contrato de absoluta confidencialidad, en el cual antes de recibirlo declaran que no lo conocían, que es absolutamente novedoso y de mi exclusiva invención; y aceptan que se les apliquen fuertes cláusulas penales en caso de que violen la prohibición de revelarlo.

—¿Y ninguno te tus *brujonautas* te ha demandado?

—Sí, pero cuando me demandan, los contrademando por muchos millones de dólares más, ya que para accionar en mi contra tienen que revelar el secreto, y eso es una descarada violación a nuestro aludido contrato de confidencialidad.

—De todas maneras, debes estar enfrentando muchas demandas, Atchu.

—Es verdad, querida Samantha.

No hay país en el mundo donde no me hayan demandado innumerables veces.

Sin embargo, tengo mucho más dinero y abogados que demandas.

Los juicios suelen tardar, y "por si las moscas" me gasto inmediatamente el dinero que recibo o lo escondo en cuentas cifradas en el exterior antes de que los jueces dicten las medidas cautelares o las sentencias definitivas.

Samantha le preguntó, preocupada:

—¿Cuánto has tenido que devolverles?

—Hasta ahora no he devuelto ni un centavo a mis insatisfechos demandantes. Además, si ellos pierden los juicios, mis abogados les cobrarán sus honorarios y las demás costas y costos del proceso.

—No es fácil que alguien done $ 2.000.000 para obtener un consejo secreto. ¿Cómo has logrado que tanta gente lo haga?

—Mi *target* o blanco son las mujeres con dinero. Son las más propensas a solicitar mi consejo.

—¿Por qué?

—¿No has oído hablar de la curiosidad femenina? Te apuesto a que tú misma en este momento estás ansiosa de saber cuál es ese secreto que vale $ 2.000.000.

Si los tuvieras, los pagarías con gusto.

—Tienes razón. Desde que lo mencionaste no hago más que meditar sobre eso. Estoy pensándolo seriamente.

¿No podrías adelantarme algo o hacerme una rebajita, aunque solo sea de un 10%? Menos mal que no tengo marido a quién consultar.

—Los hombres son más reacios. Las mujeres, a escondidas de sus maridos, terminan pagándome lo que les cobre, pero con los reales de sus esposos.

Eso tiene, además, otra ventaja.

—¿Cuál es, Atchu?

—Que, esas *brujonautas* harán todo lo posible para no demandarme.

Para que sus maridos no se enteren de que me pagaron esa suma por mi sabio consejo, inventarán cualquier cosa: un secuestro, un atraco por parte del hampa común, una violación, un tsunami o cualquier otra excusa que se les ocurra.

Antes de confesar que me pagaron los $ 2.000.000, preferirán que las despellejen vivas, para evitar a toda costa el odioso "¡Te-lo-dije!" de sus esposos; frase esa que cuando es repetida múltiples veces al día, es la peor tortura que una mujer pueda recibir.

No hay esposa, por más santa, fiel, amorosa y paciente que sea, que aguante 30 días seguidos de "Te-lo-dije".

Deberían incluir a los "Te lo dije" como causal de divorcio en el Código Civil.

La periodista juzgó oportuno cambiar de tema:

—¿Es verdad que tienes una organización ecológica sin fines de lucro?

—Sí. Soy el presidente, fundador y único miembro de PandaXconejo, A.C.; una institución que tiene por objeto proteger a los animales en peligro de extinción.

—¿A cuáles animales en esa situación has protegido?

—A los conejos.

—¿A los conejos? ¡No sabía que estuviesen en peligro de desaparecer...!

—¿Sabías que cada cuatro meses hay dos millones más de conejos cojos en el mundo?

—No. Jamás me pasó eso por la cabeza, Atchu.

—El mundo ignora esa cifra, Samantha, porque muy pocos se han dedicado, como yo, a contar los conejos cojos. Créeme: es un trabajo extenuante, porque los conejos, a pesar de ser cojos, siguen siendo muy veloces y dan saltos más altos cuando solo tienen tres patas.

El problema de los conejos cojos intrigó a la entrevistadora:

—¿Y por qué hay tantos conejos cojos, Atchu?

—Porque los seres humanos les cortan las patas para usarlas como amuletos. Para acabar con esa salvaje costumbre, mi asociación, PandaXconejo A.C., ha desarrollado una campaña ecológica, que tiene como propósito fundamental erradicar de nuestra sociedad la bárbara y cruenta costumbre de utilizar patas de conejos para atraer la buena suerte.

Nuestro slogan es: "¡Cámbiate a la pata de oso panda gigante: es mejor y más grande!"

—Pero las patas de osos pandas son muy difíciles de conseguir, Atchu.

—Para conseguirlas, solo necesitas dólares, Samantha.

Sin embargo, valdrá la pena, ¿te imaginas cuántos millares de bellos e inocentes conejitos estarás salvando a cambio de esos feos, lentos y pesados osos que lo único que hacen es dormir y comer? ¡Los pandas gigantes son un mal ejemplo para nuestros niños! ¡Los osos buenos no usan antifaz!

—¿Cuál ha sido la reacción de tus *brujonautas* ante esa encomiable campaña ecológica?

—Mi campaña ha tenido un éxito rotundo, especialmente en China:

Las mujeres están haciendo colas inmensas frente a los zoológicos para adquirir frescas sus gigantes patas de panda. Bastó con decirles que la última moda en París es usar una pata de panda guindada en el cuello.

—¿No es muy grande?

—Lo que es moda, no incomoda.

—Me impresionas. Eres un gran conocedor de la psicología femenina, Atchu. ¿Dónde aprendiste todo eso?

—En la escuela. Siendo niño, cuando solo tenía 7 años de edad, decidí meterme a brujo; y eso me permitió formarme, hacerme cada día más y mejor profesional que el día anterior.

—¿Tan temprano? ¿Quién te indujo a ello?

—Mi maestra.

—¿Era bruja?

—No, todo lo contrario: era una santa y piadosa viejita, que en paz descanse.

—Pero acabas de decirme que ella te indujo a hacerte brujo.

—Sí. Un día, en la escuela rifó un chocolatico entre los niños, y escogió "una mano inocente": ¡la mía! Gané en buena lid ese sorteo, porque el papelito que saqué fue el mío. No tuve la culpa de que se hubiese quedado pegado a mis dedos, gracias a una goma de chicle que acababa de comerme.

Cuando llegó el momento del sorteo, metí mi manito en el saco y entregué el papelito con chicle y todo a mi maestra, quien estaba vigilando la transparencia y pulcritud del proceso.

Al ver mi nombre, ella exclamó impresionada: —¡*Parece cosa de brujería!* En el recreo, todos me envidiaban mientras yo comía mi bien ganado chocolatico.

Atchu-Ist continuó, mientras la periodista lo miraba arrobada:

—Entonces, pensé: —*De ahora en adelante seré brujo. Es más sabroso que no serlo: los demás no comieron chocolate.* Y me hice brujo. Desde ese día, siempre fui el ganador de todas las rifas y sorteos en la escuela y en el colegio.

—¿No desconfiaron tus compañeros de la extraña coincidencia de que siempre fueses tú el único ganador?

—Después de tantas rifas y sorteos seguidos, mis compañeros se opusieron a que "la mano inocente" fuese la mía.

Los muy bandidos me tendieron una sucia celada: metieron ellos mismos en la busaca todos los papelitos, incluyendo el mío; y los revolvieron muy bien, para que todos tuviésemos iguales oportunidades de ganar.

Pero como yo me enteré de lo que estaban tramando, ese día el papelito que "saqué" no tenía mi nombre, ni el de ninguno de ellos, ¡sino el de Paquita Antonia Ramírez Limonta!

Samantha preguntó:

—¿Paquita Antonia Ramírez Limonta, era una compañerita tuya?

—No. Era mi maestra. Cuando doña Paquita vio que había sido la ganadora de la bicicleta que estaban rifando, exclamó: —

*¡Ahora sí estoy convencida de que esto es cosa de brujería!:*

*¿Cómo pude ganar yo, si ni siquiera estaba participando en el sorteo, ni había papelito alguno con mi nombre en la bolsa?*

—¿Alguna vez perdiste otra rifa?

—No, Samantha. Esa ha sido la única rifa que he perdido en mi vida, pero de todas maneras me quedé con el premio, que era una reluciente bicicleta de carrera, pues doña Paquita me la regaló, porque ella era paralítica y nunca había montado una en sus más de 80 años de vida.

El *cyberbrujo* aprovechó la pausa comercial para para hacer unos ejercicios de yoga, sentado cabeza abajo, en interiores, sobre el escritorio de Samantha, quien, cautivada, lo observaba disimuladamente, mientras recitaba de memoria las bondades de los productos de sus patrocinadores.

Apenas terminó la pausa, Atchu-Ist prosiguió:

—El sorteo en el cual resultó ganadora mi maestra, aumentó increíblemente mi fama de brujo no solo en la escuela, sino también entre los padres y amigos de los profesores y alumnos. Fue entonces cuando me dediqué a la curación o mejor dicho a la sanación.

—¿Cuál fue tu primera sanación?

—Cuando estudiaba tercer grado. El pupitre delante del mío estaba ocupado por una bella niñita de bucles dorados que me gustaba, pero que no se fijaba en mí. Descubrí que ella solía quitarse los zapatos cuando estaba nerviosa en las clases de matemáticas.

Un día, sin que se diera cuenta, metí una piedra en su calzado.

Cuando se levantó, se puso el zapato y gritó de dolor.

Entonces, rápidamente intervine:

la cargué, la senté sobre mi pupitre y le dije, con voz autoritaria:

>—No te preocupes, linda. Los médicos no tendrán que cortarte tu precioso pie, como acostumbran. Los brujos somos más poderosos y podemos curar esas graves enfermedades, sin cortarlos.

Tomé el zapato, y disimuladamente hice caer al suelo la piedra que había estado dentro y que la molestaba.

Luego, acaricié y soplé varias veces su lindo y rosado pie, mientras pronunciaba el "Lorem ipsum" (unas extrañas palabras en latín sin sentido alguno, que me sabía de memoria y que usaba para todas mis brujerías).

Le puse nuevamente su zapatico a mi compañera de estudios y le dije:

>—Camina ahora, mi querida y bella princesa:
>
>¡Verás que has sanado y que aún conservas tu pie!

Ese día me gané el primer beso y el eterno agradecimiento de mi compañera; y una gran fama de curandero, que me ha reportado muchos beneficios y placeres.

En efecto, al día siguiente, numerosas niñas hacían cola en el recreo, para que yo les curara diversos dolores en el cuerpo.

Todas afirmaron que mis caricias las habían curado.

En los meses subsiguientes el director y todos los profesores y profesoras del colegio, eran clientes míos.

Yo les decía que con esa curadera no tenía tiempo de leer ni de hacer las tareas, pero ellos me respondían que un muchacho tan inteligente y sabio como yo, no tenía necesidad de estudiar ni de presentar exámenes.

Sin haber abierto un libro, aprobé las asignaturas de todos los años con las más altas notas.

A nadie extrañó eso, porque sabían que yo era brujo.

Samantha oía tan embelesada las respuestas del brujo que olvidó por un momento que estaba "en el aire" entrevistando a Atchu-Ist, y no pudo resistir la tentación de pedirle:

—¡Qué casualidad, Atchu! Hoy amanecí con un dolorcito en el cuello...

¿Podrías quitármelo?

—Con gusto, Samantha.

Atchu-Ist ordenó a sus ayudantes que le trajeran unas cremas que guardaba en su maletín; se acercó a la bella entrevistadora; besó varias veces su hermoso cuello, le untó las cremas, y pronunciando extrañas palabras en latín, le masajeó el cuello con sensuales movimientos rotatorios.

Apenado, el director del programa, decidió que era el momento de suspender por algunos minutos la transmisión de la sesión de masajes, y de adelantar el espacio reservado para los comerciales.

Cuando se reinició la transmisión, una sudorosa, despeinada y anhelante Samantha preguntó al brujo:

—¿Qué mística y bella oración fue esa, Atchu, la que recitabas cuando me masajeabas?

—Es la que antes te mencioné: se llama "Lorem ipsum". Los brujos la utilizamos con gran éxito desde el año 1500. Es muy larga, pero su texto inicial más o menos dice lo siguiente:

> Lorem ipsum dolor sit amet, consectetur adipiscing elit, sed do eiusmod tempor incididunt ut labore et dolore magna aliqua.

—¡Qué bella oración! ¡Cuán clara y precisa! ¡Qué pensamientos tan sabios y profundos! ¡Revela exactamente lo que pienso y siento!

¡Estoy segura de que el santo que la redactó la escribió especialmente para mí! ¡Y es verdaderamente milagrosa, Atchu: me curó totalmente el dolor!

¡Además, nadie me había dado un masaje más rico! Ya no me duele el cuello de arriba ni el del útero. ¿Qué ingredientes contienen esas cremas?

—Manteca y sesos de osos pandas recién nacidos y otras cosas que ignoro.

Me las regaló mi amigo Merlín, el mismo que me sugirió venir esta noche a tu programa.

—¿Hablas personalmente con el mago Merlín? ¡Murió hace siglos!

—Nos visitamos frecuentemente. Unas veces él se aparece en mi casa, y otras veces yo soy quien me le aparezco en las noches a él, cuando no está en algo íntimo, por supuesto.

—¿Y de qué hablan?

—Antes hablábamos mucho de béisbol y de fútbol. Merlín sabe más de eso que de magia. Pero hace 500 años acordamos no seguir viendo por televisión esos juegos, porque se nos hacían aburridos, pesados.

—¿Aburridos, Atchu? ¿Cómo puedes decir eso? Recuerda que media humanidad está viéndote en este preciso momento en las pantallas de sus televisores, y que la gran mayoría de los seres humanos es fanática de esos deportes.

—Claro, porque no saben quién ganará o perderá la serie, liga o copa. Ignorar eso es lo que da emoción a los juegos. Pero Merlín y yo sabemos todo lo que pasará en cada partido: quién, cuándo y cómo bateará un jonrón o meterá un gol.

—Debe haber un error sobre la fecha cuando Merlín y tú dejaron de ver juegos televisados, Atchu. Hace 500 años nadie sabía qué cosa era o sería la televisión.

—¡Nadie, excepto Merlín y yo! Recuerda que él es mago y yo soy brujo. Podemos hacer retroceder o avanzar, a nuestra voluntad, cualquier encuentro o evento deportivo, y hasta cambiar los resultados.

—Perdón, Atchu. ¡Lo había olvidado!

A continuación, quiero que respondas brevemente algunas preguntas que nos han enviado nuestros apreciados televidentes:

*Pregunta:* —*Tengo una duda, ¿eres japonés o chino? Mis novios afirman que eras asiático, pero no logro determinar de qué país procedes* (Formulada por Sofía, desde Estambul).

*Respuesta del brujo:* —*Alguien me oyó decir que me dolía el nervio ciático, y tradujo eso como que yo era asiático, a lo cual contribuyó que me llamara "Atchu-Ist"; pero ese distinguido nombre se debe a que mi padre estornudó justo cuando el secretario de la jefatura civil le preguntó cómo me llamaría. Como el funcionario era de Maracaibo, no le extrañó ese inusual nombre, y quedé registrado oficialmente como "Atchu-Ist Montiel".*

Pregunta: —*¿Qué pasó con la niña a la que le pusiste la piedra en el zapato? ¿Duró mucho tu romance? ¿Fue placentero? ¿Podrías ponerme una piedrita a mí?* (Formulada por Carmela, desde la Coruña, España).

*Respuesta del brujo:* —*Duró muy poco. Solo unos días. Fue muy placentero hasta que me dio la primera cachetada. Cometí el error de repetir varias veces el truco con otras chicas del mismo salón, y ella se me convirtió en una piedra en el zapato.*

Pregunta: —*¿Eres casado?* (Formulada por Michelle, desde París, Francia).

*Respuesta del brujo: —No. Soy soltero, pero a las 7:58 de esta misma noche, dejaré de serlo.*

Pregunta: —*¿Con magia se pueden quitar las arrugas?* (Formulada por Yolanda, desde el edificio Sangrío, San Luis, Caracas, Venezuela).

> Respuesta del brujo: —No, Yolanda. Eso no tiene remedio. ¡Resígnate!

Pregunta: —Soy más feo que pegarle a la mamá. Cuando llego a la casa de mi novia, tan pronto me oye, ella sale corriendo despavorida y escapa por la puerta trasera.

¿Qué hago? (Formulada por Doroteo, desde Madrid, España).

> Respuesta del brujo: —¡Entra por la puerta de trasera! ¡Caerá rendida en tus brazos!

Pregunta: —¿Funciona la magia negra para evadir a los fiscales del impuesto sobre la renta? (Formulada por Perucho, desde Woodland, Texas, EE.UU.).

> Respuesta del brujo: —A mí me ha dado muy buenos resultados, Perucho.
>
> Sin embargo, la magia más rápida y efectiva para esos casos no es la negra, sino la verde, la del dólar.

El brujo respondió unas veinte preguntas más, arrancando al público en cada oportunidad prolongados aplausos.

Al final de la ronda de preguntas, el brujo dijo a su entrevistadora:

> —He respondido todas tus preguntas, querida Samantha; así como las de los *brujonautas* que te han llamado.

Ahora, ¿podría yo hacerte una?

La joven, sorprendida, le respondió:

—Sí, Atchu, pregúntame lo que quieras. ¿Qué deseas saber?

—¿Quieres casarte conmigo?

Samantha lo miró extrañada. Ninguno de sus numerosos pretendientes le había preguntado si quería casarse, antes de llevarla a la cama. Después de unos segundos de desconcierto, que el brujo interpretó como de profunda meditación, le respondió:

—¡Sí, por supuesto que sí! Me embrujaste desde el primer momento que te vi, acepto casarme contigo, pero con una condición: que me des el consejo para ser feliz, con un descuento del 50%!

—¡Encantado, mi amor!

Una vez que la presentadora hubo hecho la transferencia de $1.000.000 a la cuenta del brujo, este se le acercó y le dijo algo al oído.

El rostro de Samantha se transformó e iluminó; y muy agradecida abrazó y besó a Atchu-Ist.

—¡Ahora sabes el secreto! ¿Me demandarás, querida?

—¡No, mi amor, tenías razón!

Ese secreto vale todo el oro del mundo.

Por cierto, olvidaste hacerme firmar el contrato de confidencialidad. Pero no te preocupes, en lugar de demandarte, me vengaré casándome contigo, ¿cuándo será la ceremonia?

—Exactamente dentro de 26 minutos: a las 7.58 p.m. como dijo nuestro padrino de bodas, el mago Merlín.

Por eso, de una vez vine vestido de blanco. Tengo los anillos en el bolsillo.

—Dame unos segundos para peinarme y maquillarme, Atchuíto. Con ese masaje me desarreglaste toda.

¿Estás seguro, querido Atchu, de que casándote conmigo no estarás cometiendo un grave error?

—Estoy completamente, seguro. Recuerda, Samantha, que soy brujo: sé todo lo que pasará en nuestro matrimonio, especialmente lo que ocurrirá durante la luna de miel.

Pero vamos, casi es la hora y en el pasillo, están esperándonos para iniciar la ceremonia nupcial.

La joven se levantó, se puso los zapatos, hizo el intento de caminar, pero dio un paso en falso, el pie se le dobló, tropezó y lanzo un grito de dolor.

Habría caído al suelo, de no ser por su prometido, quien justo a tiempo logró sostenerla.

—¿Qué te pasó, Samantha?

—Nada grave, mi amor, pero creo que tengo una piedrita en el zapato...

—¡Eso fue obra de Anita!

Samantha le preguntó, algo celosa:

—¿Anita? ¿Quién es esa Anita, mi amor?

—Mi antigua compañera de escuela, la de los dorados bucles, la que se sentaba delante de mí.

¡Debí dejar que los médicos le cortaran el pie!

# El beso del halcón

# El beso del halcón

## La llamada

Flavia estaba bajo la regadera cuando su teléfono repicó insistentemente.

Como si quien llamaba pudiese verla u oírla, la joven tomó una toalla para cubrir su mojado y hermoso cuerpo, y gritó:

—¡Voy!

Del otro lado de la línea. Escuchó una voz juvenil, alegre:

—¿Flavia? ¿Flavia O'Neil?

—Sí, soy yo. ¿Quién eres?

—¡Hola, mi amor! ¡Soy Andrew! ¡Por fin te encuentro! ¡No sabes lo que he tenido que hacer para localizarte!

—Debes estar equivocado de persona: no recuerdo a ningún Andrew.

—¡Soy Andrew Hawk! Es lógico que no me recuerdes en este momento. No nos vemos desde que los dos hicimos aquel increíble viaje en el velero.

¡Lo nuestro fue fabuloso, grandioso!

—De que fue increíble, no me cabe la menor duda, Andrew, porque nunca he tenido la suerte de viajar en un velero. Ni contigo ni con otra persona. Siento desilusionarte. Nada hay "nuestro": Ni jamás tuvimos algo grandioso o fabuloso... ¡Llamaste a un número equivocado!

—¡Esa noche de desbordada pasión no puedes haberla borrado de tu memoria, Flavia!

—¿Cuál noche?

—La del halcón...

—Mira, Andrew. No quiero ser grosera, pero no sé quién eres, nunca tuve una desbordada noche de pasión contigo; y no sé, ni quiero saber, a qué te refieres con lo del halcón.

¡Perdona, tengo que dejarte, porque tu llamada me hizo salir de la ducha y podría resfriarme!

—¡Espera, Flavia! ¡No me tranques, por favor! ¡Llevo tiempo buscándote! ¡Te necesito!

Permíteme explicarte.

¡Hazlo por nuestro hijo!

—¡Ah, ya caigo! ¡Eres imbécil que ha estado llamando a mi mamá para atormentarla diciéndole, entre otras mentiras, que hemos pasado muchas noches románticas; que estoy embarazada y que tú eres el padre de la criatura que supuestamente llevo en mi vientre!

¡Miserable! ¿Estás borracho? ¿Drogado, tal vez?

¿Quién eres y por qué has inventado todo eso? ¡Mi madre se lo creyó!

—Calma, querida. Comprendo lo que te pasa. A mí también se me olvidaron muchas cosas, pero esa noche siempre la recordé... Fue mi salvación.

Deja que te explique.

¡Dame solo un minuto y entenderás todo!

Flavia le replicó, furiosa:

—¡No me llames querida!

¡Acudí a la policía y te denuncié por acoso sexual! Le conté a Gus, mi prometido, que estás llamando a mi casa, diciéndole a mamá y a todo el que te atiende, que llevo un hijo tuyo en mis entrañas.

Has afectado mi honor y reputación... Gus está furioso: te busca para darte una paliza; ¡y espero que pronto te encuentre...!

El joven le respondió:

—¿Por qué, Flavia? ¿Acaso es un delito amarte?

Entonces ese Gus, si es que también te quiere, es otro delincuente.

Un amor como el nuestro no puede desaparecer por más tiempo que pase.

El halcón está esperando que lo llames. Pronto podré ver lo mismo que tú... Estaremos juntos...

Recuerdo tu desesperación, tus lágrimas, cuando nos separamos... Me quedé con el corazón roto.

—¡Nunca te he amado ni te amaré, estúpido! ¡Jamás he estado desesperada ni he derramado una lágrima por ti, presuntuoso! ¡Ni siquiera te conozco!

Si no nos hemos visto, ni hemos estado juntos, tampoco pudimos separarnos. Y de haber sido eso posible, que no lo fue, mi llanto habría sido de alegría.

¡Déjame en paz, maldito acosador! La policía está grabando tus llamadas.

¡Irás a la cárcel!

—No te he irrespetado y nunca lo haré. Sé lo que te pasa y te comprendo.

Si eres realmente feliz, no volveré a molestarte.

Respóndeme solo una pregunta, Flavia, y dejaré de llamarte para siempre, si esa es tu voluntad.

—Hazme esa pregunta ya, para librarme de ti ahora mismo.
—¿Guardas el reclamo?
—¿Esa es la pregunta?
—Sí. No te haré otra. ¡Palabra de honor!
—¿A cuál reclamo te refieres?
—Al del halcón, si no lo llamas, no podrá localizarte. ¿Lo tienes todavía? Cuando lo vayas a usar, frótalo en tu piel, en un lugar apartado, podría ser peligroso...
—No sé de qué reclamo me hablas, ni a cuál halcón te refieres. Jamás he visto uno; ni quiero verlo. Y si crees que voy a ir a un lugar apartado y que me desnudaré para que me veas o me violes, te equivocaste de víctima, sádico.
—Aunque no respondiste lo que te pregunté, cumpliré mi promesa, Flavia: no volveré a llamarte. Entiendo que el tiempo se ha vengado de nosotros. No nos será posible volver atrás juntos. Ya ni siquiera recuerdas quién soy. Pero yo jamás te olvidaré y siempre te amaré. ¡Hasta nunca, Flavia! ¡Lástima, por lo que pudo haber sido y jamás será!

Flavia no pudo evitar responderle:

—¡Hasta nunca, maldito!

## Los celos de Gus

Apenas Flavia cerró la llamada, su teléfono repicó de nuevo; y la joven, llena de ira, lo tomó para seguir insultando al tal Andrew; pero resultó ser Gus.

—¿Estás lista?

—Perdona, Gus. Creo que esta noche no podré salir contigo. No me siento bien.

—¿Te pasó algo? Tienes una voz rara… Como si hubieses estado llorando.

—Nada, cariño. Tengo que cerrar, siento náuseas y tengo un fuerte dolor de cabeza. Algo me cayó mal.

—¿Náuseas y dolor de cabeza? ¿No será que de verdad estás embarazada? De mí no será, porque…

—¿También tú vas a creerle a ese mentiroso? ¿Dudas de mí? Tuve que mostrar un examen médico a mi mamá para quitarle esa loca idea de la cabeza. ¿Tendré que enseñarte ese examen para que te convenzas de que no te he sido infiel? ¿Confías más en la palabra de ese extraño acosador que en la mía?

—No sé, Flavia. Estoy confundido. Me gustaría ver ese examen.

Quisiera creerte, pero ese hombre está destruyendo nuestra relación.

No es agradable oír que la mujer con la que uno va a casarse está embarazada de otro.

La joven guardó silencio, indignada. Trató de calmarse y no soltar a su novio todos los insultos que pensó.

Afortunadamente, Gus decidió cambiar de tema y le preguntó:

—¿Sabes que la policía descubrió de dónde parten las llamadas que el acosador está haciendo a tu casa?

—No estaba enterada de eso, Gus. La policía nada me ha participado.

¿De dónde provienen?

—De una vieja mansión en las afueras de Londres.

La línea está a nombre de un señor llamado Andrew Hawk; pero ese hombre, de existir, sería un anciano de más de 90 años y no tuvo descendencia.

La mansión está vacía desde hace varias décadas, aunque, según la policía inglesa, los vecinos han interpuesto varias denuncias, porque en las noches dentro de ella se observan luces relampagueantes y se oyen ruidos extraños.

Algunos afirman que han visto salir de la mansión un ave enorme. Los gastos de mantenimiento de la mansión los paga un banco, a través de un antiguo fideicomiso.

—¿Crees que ese anciano es el hombre de las llamadas?

—Según la policía, es imposible que lo sea. Examinaron las grabaciones que hicimos, y los expertos opinan que la voz corresponde a un hombre de poco más de 20 años de edad.

Flavia no había revelado a su prometido que acababa de hablar con el acosador, porque temía que eso aumentara sus injustificados celos.

Se limitó a comentar:

—O sea que tiene más o menos mi misma edad.

Londres queda muy lejos...

¡Qué raro! Jamás he estado allí, ni hasta ahora había conocido a un joven llamado Andrew Hawk, como el de las llamadas...

—¿Dijiste *un joven llamado Andrew Hawk, como el de las llamadas?* ¿Entonces sabías su nombre? ¿Lo conocías? ¿Por qué no me lo habías dicho?

—¡No conozco a ese joven...! Bueno sí, hablé con él hace unos minutos, pero solo por teléfono.

—¡Me estás mintiendo, Flavia! Y no sabes decir mentiras. ¡Has tenido tratos con ese Andrew! ¡Mucho más que simples conversaciones telefónicas! Lo más probable es que sí estés embarazada de él; porque, que yo sepa, las llamadas por teléfono no preñan... ¡Espero que después no inventes que te violó!

Flavia no le respondió. Muy ofendida, cerró la comunicación y lloró amargamente.

Después de un rato, se secó el cuerpo, se puso su ropa de dormir y se acostó.

Pero no pudo conciliar el sueño. No solo por la furia, sino, más que todo, porque la invadió un sentimiento de vergüenza.

## La joven se arrepiente

A medianoche, Flavia se levantó, asustada; se desvistió de nuevo y fue directamente al espejo para observarse y detectar si su cuerpo tenía alguno de los signos visibles de embarazo; pero no observó ninguno:

Su figura seguía siendo estilizada, esbelta. Acarició su abdomen y notó que estaba plano y firme. Se tocó los pechos y los sintió suaves, sin presión interna alguna; y los pezones no le dolían. Pero sí sentía náuseas y dolor de cabeza.

—*¡No estoy embarazada! Lo sé y no podría estarlo. Además, las pruebas que me hicieron lo demuestran. No dejaré que ese tonto me sugestione.*

Volvió a ponerse la ropa de dormir. Las palabras de Andrew retumbaban en su cabeza. Luego de haber hablado por primera vez con el muchacho, pensó que había sido un error haber sido tan grosera con él.

—*No debí haberlo tratado tan mal. Andrew fue cortés y cariñoso conmigo. Tiene una voz agradable.*

*Es mucho más educado y tierno que Gus.*

*Es obvio que está enamorado, pero no soy la mujer que busca con tanta pasión.*

Jamás he paseado en yate u otra embarcación con él, ni con nadie. Lo recordaría si fuera cierto y más todavía, si hubiésemos hecho a solas ese supuesto viaje romántico. También recordaría esa noche de desbordada pasión, de haber ocurrido.

He tenido sí, una fantasía que me ha sido difícil borrar de mi mente; pero fue solo eso: una ilusión, un sueño romántico o erótico, algo que me habría gustado disfrutar, pero que jamás tuve.

Sin embargo, Flavia no lograba quitarse de la cabeza esa fantasía ni al joven que en sus sueños la protagonizaba:

—¡Y lo peor es que ahora, en este momento envidio a esa otra mujer! Debió ser muy bella y buena, para despertar una pasión como esa.

Andrew no puede ser el viejo de Londres, porque la voz del que llamó es la de un joven. Evidentemente se trata de una confusión, aunque mi nombre no es común. Debí ayudarlo a salir de dudas. Lo más probable es que por mi grosera actitud, triste y desencantado, él haya renunciado a seguir buscando a su verdadera amante. ¡Y soy yo, quien está destruyendo ese romance!

Además, me quedarán muchas dudas, que jamás podré aclarar.

## ¿Un caballero?

Flavia durmió muy poco esa noche. Como se acostó de lado, viendo hacia la ventana de su alcoba, no observó un suave resplandor rojo, que se filtró debajo de la puerta del closet.

Al día siguiente, bajó las escaleras, y se sentó en la mesa de la cocina con su madre.

—Buen día, mami. ¡Bendición!

—Dios te bendiga, hija. No tienes buena cara.

—Dormí mal. Tuve pesadillas.

—¿Fue por la discusión de anoche? ¿Quién te llamó? Te oí insultar a alguien. ¿Fue a Gus?

Estabas muy alterada. Siempre has sido dulce y cariñosa…

—Llamó otra vez el joven que habló contigo. Dijo llamarse Andrew Hawk. Lo atendí sin saber quién era.

¡No pude contenerme y lo ofendí!

—Por el nombre, ese Andrew debe ser hijo de ingleses, aunque ellos suelen ser muy respetuosos y educados.

Pero no te precoupaes, hija, cualquier mujer decente de tu edad habría reaccionado de la misma forma que lo hiciste tú.

Ese Andrew te ha hecho mucho daño: Gus está furioso y dice que lo matará si llega a saber quién es.

—Más daño me ha hecho Gus regando eso por ahí, que ese joven, mamá.

Me imagino que mi reputación ahora está en boca de todos.

Si tú le creíste esa absurda mentira, ¿quién no la creerá? ¡Hasta yo misma he comenzado a dudar!

—Es la primera vez que has atendido una de las llamadas de ese Andrew. ¿No reconociste su voz?

—No, pero era agradable, fina, educada. Parecía sincero, y muy alegre y feliz de haberme encontrado.

Se portó correctamente conmigo en todo momento.

Yo, en cambio, fui grosera y lo ofendí.

La señora O'Neil le respondió:

—No puede considerarse "caballero" un hombre que anda afirmando que se acostó contigo...

En mis tiempos decían:

"Los caballeros no tienen memoria".

Un joven que se precie de ser culto y galante, no debe estar divulgando los momentos íntimos que pasó con una mujer.

La reputación de los hombres no resulta afectada por lo que confiesen o digan de sus encuentros con sus novias o amantes; pero la de las mujeres, sí.

—Sin embargo, mamá, después que le cerré el teléfono, me sentí mal, triste y avergonzada.

Mi corazón me dice que no actué acertadamente.

¡Debí oírlo! ¿Qué me costaba?

Él no presumió de ser un caballero, ni de culto o educado.

Pero sé distinguir a un hombre que sí lo es, de uno ordinario, como...

Flavia hizo una pausa.

La señora O'Neil notó la vacilación de su hija, y le preguntó:

—¿Cómo quién, hija? No terminaste la frase... ¿Como Gus?

—Sí. Me duele reconocerlo:

¡Como Gus!

—Veo que ese joven desconocido, en pocos minutos de conversación, te hizo entender

lo que yo he tratado de hacerte ver durante meses, Flavia.
¿Estás segura de que no conoces a ese Andrew Hawk?
—No lo he visto jamás, mamá... ¡Aunque sí lo he soñado! Andrew es el hombre que siempre anhelé tener... Siento como si toda mi vida hubiera sido de él.
—¡No puedo creer que te hayas enmorado del acosador a quien tanto despreciabas hace un instante!
—Si hubiera hablado previamente con él y hubiera tenido la paciencia de oírlo, te aseguro que jamás lo habría odiado.
—No estás bien, querida. ¡Ese asunto te ha afectado la cabeza! Cuando ese Andrew vuelva a llamarte, déjalo hablar. ¡Óyelo! Pero exígele una explicación; y como no podrá darte ninguna, quedará al descubierto.
—Él me suplicó que le permitiera explicarme lo que sucedía... Y me negué. Fui una tonta:
¿Qué podía perder, oyéndolo?

—Quizás en la próxima conversación logres convencerlo de que se confundió de persona y deje de molestarte.
—No habrá una próxima conversacion: no volverá a llamarme.
—¿Cómo lo sabes?
—Porque él mismo me lo dijo.
—¿Y crees en la palabra de un acosador?
—¡Andrew no es un acosador, mamá!
—¿Y qué es entonces?
—Un joven enamorado... de otra mujer, es verdad; pero dulcemente enamorado. Sentí su alegría cuando le dije que sí era Flavia O'Neil.

—No puedo negarte, hija, que es una extraña coincidencia, porque, aunque en Inglaterra tu nombre y tu apellido puedan ser relativamente comunes, aquí en Florencia, no lo son tanto. En esta región no hay muchas Flavia O'Neil.

—Pero lo más extraño, mamá, es que ahora, si pudiera, y él me diera otra oportunidad, trataría de convencerlo de que no se confundió, de que sí soy la mujer que tanto ama y busca.

No quiero que él siga buscando a esa otra Flavia. ¡Podría encontrarla, y no deseo perderlo!

¡Si pudiera verlo o hablar con él, le diría que sí soy ella, que ya me encontró!

—¿Estás loca, Flavia? ¿Una científica como tú, cambia de opinión de la noche a la mañana?

¿Qué te dijo ese desconocido que surtió ese milagroso efecto?

—Nada, mami. La casi totalidad del tiempo de nuestra conversación, la consumí insultándolo...

Tienes razón. ¡Estoy loca!

Jamás un hombre me había impresionado tanto. Desde que anoche se despidió de mi "para siempre", Andrew me ha hecho falta, mucha falta y eso sucedió hace apenas unas horas.

No puedo dejar de pensar en él...

Se me convirtió en una necesidad irresistible de poseerlo y amarlo: en una obsesión.

¡Enloqueceré si ese joven no me llama pronto!

—¡Ya enloqueciste, Flavia!

¡Acabas de confesarlo!

Piensa en cualquier otro hombre: en el mundo hay millones, y tú eres joven, bella y hermosa.

Puedes tener al hombre que quieras. ¿Por qué buscarte un loco pervertido, que ni siquiera sabes quién es?

Podría ser un asesino, un maniático sexual.

—No lo es, mamá. Es un joven bondadoso.

—¡Ten cuidado, Flavia!

No puedes saber cómo es una persona, solo por el hecho de que tenga una voz amable. Una pasa años y no llega a conocer al hombre con quien vive, y tú ya das por bueno a uno que solo conversó contigo unos instantes.

¡No salgas sola!

¡Pídele a Gus que te acompañe!

—¡No me menciones a Gus! Ya no resisto a ese celoso egocéntrico, mamá.

Prefiero salir sola.

—Nunca me gustó Gus para ti. Pero no me hiciste caso. Estabas ciega.

—Gracias a esa llamada de Andrew, anoche recuperé la visión, mamá.

—Menos mal, porque estabas a punto de casarte.

—Si Andrew vuelve a llamarme, por favor, no le cierres el teléfono.

No lo insultes ni le digas cosas desagradables.

Más bien dile que lamento profundamente haberlo tratado tan mal y que ansío volver a hablar con él.

—Y si quien te llama es Gus, hija, ¿qué le digo?

—¡Que se vaya al infierno! ¡Que no lo soporto, y que se busque a otra tonta que le aguante sus celos!

¡Transmíteselo así, exactamente! Ese canalla no fue muy delicado conmigo.

—Ja, ja, ja... ¡Cómo has cambiado en tan pocas horas, mi niña!

## ¿Llamó alguien, mamá?

Flavia salió a la calle, en busca de paz y sosiego. Estaba confundida:

—Me hará bien caminar. No puedo quitarme a Andrew de la cabeza... ¡Y ni siquiera sé cómo es en realidad!

¿Será como el joven de mi fantasía?

Ojalá que sea como él: alto, moreno, musculoso, apuesto, de ojos castaños... cariñoso, amable y apasionado.

Lo curioso es que el protagonista de mi fantasía tiene el mismo nombre que él.

¿Será que sufro de amnesia y sí hice ese viaje con Andrew Hawk por mar; y de verdad tuve con él una apasionada noche?

Pero, ¿cuándo y cómo?

Sin embargo, ¡sé que eso jamás sucedió...!

Y de haber pasado, lamentaría no recordar cada momento y cada detalle...

Me duele que todo haya sido un sueño, y no realidad...

Cuando me viene a la mente mi fantasía, olvido todas las horribles pesadillas que he tenido, todos mis dolores de cabeza y mis problemas.

*Si con una sola llamada, Andrew logró conquistarme, ¿cómo será verlo, tocarlo, acariciarlo, besarlo, amarlo y tenerlo de verdad siempre conmigo, y no en sueños? ¿Vivir con él?*

*Sería como mi fantasía, igual que un bello sueño, pero sin la horrible sensación de, al despertar, ver mi lecho vacío y frío...*

La joven tenía la esperanza de que alguno de los tantos jóvenes que circulaban por la congestionada acera o por los caminos del parque, se le acercara y le dijera:

—Hola Flavia. Soy Andrew...

Pero nadie se le acercó para saludarla o para presentarse, salvo algunos hombres que al notar el interés con que la atractiva y bella mujer los observaba, le dirigieron miradas torvas, morbosas o desagradables; y otros que temerosos se le apartaron, o que la insultaron o le susurraron algunas frases soeces.

De regreso a su hogar, meditó:

*—Andrew dijo que el halcón esperaba que yo lo llamara y me preguntó si guardaba el "reclamo". Averigüé que "un reclamo" es el ave amaestrada que se emplea en la caza para que con su canto atraiga a otras de su especie.*

*Él me indicó que el reclamo era el medio de comunicarme con el halcón.*

*¿Acaso es él el halcón? ¿O el halcón es un animal que puede llevarme a él? Si es así, estoy perdida, porque nada sé de cetrería.*

Desolada, regresó a su casa.

—¿Llamó alguien, mamá?

—Sí, Flavia.

—¿Quién?

—Gus, hija. ¡Solo el antipático Gus! Le dije lo que me pediste que fielmente le transmitiera.

—¿Qué te respondió?

—Con palabras muy crudas, me dijo que no tenía dudas de tu embarazo y que él estaba totalmente seguro de que no era hijo suyo. Dijo también que eras una vulgar prostituta; y que yo te servía de alcahueta; que cobraba para que un viejo y otros hombres se acostaran contigo.

—Nadie mejor que tú sabe que todas esas cosas son falsas, mami. Perdona por hacerte pasar ese mal rato.

—¿Mal rato? No sabes el gusto que me dio cantarle las cuatro verdades a ese insolente. Si mi esposo viviera, ya le habría dado una tunda. Pero se la daré yo misma, si es que se atreve a pisar ese umbral.

—Gracias, mamá. ¡Ahora me siento libre!

## Soñando sonidos

Los días pasaron y ni Gus ni Andrew llamaron a Flavia.

Que Gus no se comunicara con ella, no le extrañó ni le hizo falta. No entendía cómo había podido relacionarse con ese patán.

Sin embargo, sí extrañaba y necesitaba las llamadas de Andrew Hawk.

Todos los días salía a caminar por la avenida, con la esperanza de encontrarse con él, aunque fuese casualmente.

—*No creo que Andrew vuelva a llamarme, porque me dio su palabra de que no lo haría. Será joven, pero se nota que es un hombre que honra su palabra.*

*Sin embargo, mi corazón de mujer no se equivoca: ese muchacho sí está loco por su Flavia, y no sé cómo ni por qué, cree que ella soy yo.*

*Y seguramente encontrará cualquier pretexto para llamarme. Ahora soy yo quien lo busca. Y haría cualquier cosa por verlo.*

Se sentó en un banco del parque y razonó:

—*Recuerdo que me dijo: '—Tú también me amaste esa y muchas otras noches; y sé* que todavía me anhelas... El halcón está esperando que lo llames. Pronto podré ver lo mismo que tú... Estaremos en contacto.'

Si eso es así, él tiene que haberse enterado, o pronto se enterará, de que me siento arrepentida de haberlo ofendido; y de que estoy loca por verlo.

Ojalá que la necesidad de tenerme "de nuevo", sea mayor que su voluntad de respetar su palabra.

Esa noche Flavia trató de dormir y notó que no había tenido más pesadillas desde que se libró del yugo de Gus y comenzó a pensar en Andrew.

Ni siquiera le dolía la cabeza.

Libre de interferencias, su mente trataba de armar o reconstruir otras partes de su breve diálogo con el joven, pues había estado tan furiosa que no había puesto mayor atención a las súplicas de "su acosador".

—Andrew me preguntó si guardaba el reclamo y dijo que el halcón no podría comunicarse conmigo si yo no lo llamaba.

Seguramente, si lo veo o me llama de nuevo, me repetirá esa pregunta... ¿Qué quiso decirme con eso? ¿Será una clave?

Él creía que yo estaba al tanto de todo lo que me indicaba...

Pero ignoraba que yo soy otra Flavia.

*Su verdadero amor, sí habría podido contestarle todas esas preguntas, no yo...*

*Soy solo "la otra", la mala mujer que quiere interponerse entre dos jóvenes que se aman y desean con locura...*

Miró desesperadamente en su biblioteca, pero ninguno de sus libros tenía algo que ver con aves y menos con halcones...

Nada encontró que la ayudara a descifrar el enigma.

*—Quizás "archivé" en mi subconsciente alguna información que me permita hallar ese "reclamo" o descubrir lo que él intentó decirme, con lo de que espera que yo llame al halcón.*

*Si fue así, lo más probable es que esa información esté en mi fantasía...*

*Allí guardo todo lo que me es agradable...*

La joven trató de revivir su fantasía y de pronto, recordó algo muy importante:

¡No solo soñaba imágenes! ¡Su fantasía tenía sonidos!

Era algo así como la delicada música de fondo o la banda sonora de un filme, con un ritmo creciente.

¿Será ese sonido el reclamo del halcón?

Pero no lograba identificar ese extraño sonido.

Se preguntaba:

—¿Sería una canción romántica?

*No obstante, no recuerdo alguna que me sea particularmente agradable, o que no asocie con el imbécil de Gus...*

*En cambio, el sonido de fondo de mi fantasía al principio es muy grato; aunque después, ¡es horrible...!*

*¿Sería esa primera parte del sonido, la agradable, 'el reclamo' al cual se refirió Andrew?*

*¿El sonido con el cual yo debo llamar al halcón?*

## La fantasía de Flavia

El sueño por fin la venció y la trasladó a muchas millas de distancia:

Entonces volvió a soñar su fantasía, la misma que tantas veces había acudido a su mente, desde que entró a la pubertad.

Vio a una voluptuosa joven, recién salida de la adolescencia, que recostaba su cabeza sobre el pecho desnudo, tostado por el sol, de un apuesto hombre, mientras que, a la luz de la Luna, navegaban en un velero.

Escuchó el sonido que le era tan grato.

Poco después, el joven se inclinó sobre su amada y una cadena que él llevaba rozó el rostro de ella...

Al final de la cadena resplandecía un pequeño dije de oro, que representaba el perfil de la cabeza de un halcón, con un rubí que hacía las veces de ojo.

La joven de la fantasía apresó suavemente el dije con sus labios y con una tentadora sonrisa, se lo ofreció, en un beso, a su compañero.

Justo en el momento en que los dos jóvenes juntaron sus cuerpos, una poderosa explosión despertó a Flavia, quien se levantó asustada, creyendo que estaba ahogándose.

Pero esa terrible explosión no había ocurrido dentro de su cuarto, sino en su fantasía.

¡Y entonces Flavia reconoció a la joven que con tanta sensualidad se había ofrecido a Andrew!

—¡Soy yo! ¡Esa Flavia soy yo! ¡Soy la mujer de quien Andrew se enamoró! ¡No hay otra Flavia!

¡Eso me pasó a mí! ¡Recuerdo esa escena! ¡El cadencioso sonido que al principio oía en mi fantasía, era la acelerada respiración de Andrew y las pulsaciones de su corazón!

¡Pero yo sí sentí ese cálido beso de amor y de pasión! ¡Y también esa terrible explosión! ¡Recuerdo el estruendo de las olas del mar cuando rompieron el casco de madera de nuestra pequeña embarcación! Hasta pude ver la proa cuando se partió.

Tenía un letrero: ¡El halcón!

¡Andrew no me mintió! ¡Sí viajé con él en un velero, pero naufragamos!

Aunque no sé cómo, cuándo ni porqué llegué allí, estoy segura de que esa mujer, la de mi fantasía, la del velero de Andrew, y yo, somos una única persona.

¡Es a mí a quien él ama y busca! ¡Y yo lo insulté y no quise hablarle!

¡Qué tonta fui!

Regresó a su casa, y le contó ese "descubrimiento" a su madre, quien, angustiada, exclamó:

—¡Mañana mismo te llevaré al psicólogo, Flavia! ¡Y no me digas que no!

Su hija le respondió, sonriendo por primera vez en muchos días:

—¿Para qué, mami? ¡Nunca me he sentido mejor!

—¡Así de mal estarías antes! Lo tuyo es más grave de lo que pensé: creo que lo mejor es que te lleve de una vez a un psiquiatra.

Hay besos explosivos, pero no destruyen barcos.

—Ja, ja, ja. ¿Y si beso al psiquiatra y hago volar el consultorio?

Mientras tanto, una extraña luz roja relampagueaba incesantemente dentro del closet del cuarto de Flavia; pero ellas no pudieron observarla, porque conversaban en la cocina.

## Varios Andrew Hawk

Como pasaban las semanas y Andrew no la llamaba, Flavia decidió buscarlo utilizando sus conocimientos informáticos.

—*Según la policía, las llamadas que Andrew hacía a mi casa, partían de una vieja mansión situada en las afueras de Londres. Es mucha coincidencia que esa mansión abandonada hubiese sido habitada por un viejo también llamado Andrew Hawk. Es posible que en las redes pueda descubrir algo sobre ese anciano. Quizás fue un pariente suyo, y alguien pueda suministrarme alguna información sobre su paradero.*

Una vez frente a su computador, Flavia investigó en las redes sobre "Andrew Hawk" y le aparecieron varias coincidencias en la pantalla:

*(1) Andrew Hawk. Nacido en Dublín, Irlanda, circa 1850. Rico armador irlandés. Las autoridades ordenaron su detención porque consideraron que sus experimentos científicos, muy avanzados para la época, eran peligrosos y fruto de la magia negra o brujería.*

Por esa razón, Hawk y su esposa, una joven y bella mujer del clan de los O'Neil, llamada Flavia, tuvieron que huir de Irlanda, con sus instrumentos, en un pequeño velero, denominado "El halcón", el cual explotó poco después de haber partido del puerto de Belfast No hubo sobrevivientes.

(2) Andrew Hawk, nacido en Amiens, Francia, en 1905. Héroe, teniente y científico francés. Casó con Flavia O'Neil.

Se cree que en 1944 murió ahogado, con su joven esposa, en el naufragio de un bote de guerra, equipado con instrumentos de su invención, llamado "El halcón II", en el desembarco de los aliados en playa Omaha, Normandía.

(3) Andrew Hawk. Nacido en Londres, Inglaterra, en 1960. Científico inglés casado con Flavia O'Neil. Ambos esposos desaparecieron en 1890 después de haber partido de Liverpool Se presume que su pequeño bote, denominado "El halcón III", chocó con una vieja mina flotante, prove-

niente de la segunda guerra mundial.

(4) Andrew Hawk. Adolescente, nacido en Pisa, Italia, fue rescatado con vida, en el naufragio de un bote, llamado "El halcón IV", ocurrido en el año 2007 a unas diez millas del puerto de Génova; siniestro en el cual murieron sus padres, los destacados científicos Andrew Hawk y Flavia O'Neil de Hawk.

Poco después, inexplicablemente ese menor desapareció del orfanato donde estaba recluido.

Se ignora su paradero, aunque se comentó que una mujer dijo haber conocido a Andrew, ya mayor, con su linda esposa Flavia, en Filadelfia, Estados Unidos, donde trabajaba para el gobierno americano, en un proyecto secreto denominado "El halcón".

## ¿Cuál de ellos?

Flavia razonó:

—El joven Andrew Hawk que habló por teléfono conmigo, tiene que ser el número 4 de esa lista, el que nació en el mismo año que yo, en el 2000, y fue rescatado con vida siete años después. No hay otro en esa lista que pueda estar vivo y que sea mi coetáneo.

Sin embargo, había varias cosas que la joven no entendía:

—La primera, es que sus padres, para la fecha del rescate (2007), siendo él un adolescente, eran unos reconocidos científicos; lo que quiere decir que entonces ambos cónyuges tendrían cierta edad, por lo menos, unos 40 años; pues muy conservadoramente puedo estimar que esa es la edad mínima promedio para que alguien fuese considerado un "científico destacado" en Europa o América.

Si era hijo de ellos, tuvo que tener por lo menos 33 años, y sé que quien habló conmigo era mucho más joven.

La segunda cosa que no logro comprender, es que, de ser ese el Andrew con *quien hablé, mi homónima, Flavia O'Neil sería su madre, y no su esposa ni su amante. Y él me dijo que habíamos tenido de una "desbordada noche de pasión". Los tiempos no me cuadran.*

*También me llama la atención que aparentemente los tres primeros "Andrew Hawk" tuvieron esposas con el mismo nombre, "Flavia O'Neil", igual que yo. ¡Eso es demasiada casualidad!*

*Otra cosa sorprendente es que fuesen varias parejas de un "Andrew" y una "Flavia", las cuales no obstante corresponder a generaciones muy distintas, no solo fueron coetáneas, sino que también dejaron de existir simultáneamente. ¡Esa es otra extraña coincidencia!*

*Es posible que se trate de miembros de una misma familia, con varios hombres en cada generación llamados "Andrew Hawk" y varias mujeres, también en cada generación, denominadas "Flavia O'Neil", igual que yo.*

*Los integrantes de esas parejas, aunque de diferentes sexos, no serían hermanos, pues se casaron entre sí.*

*No obstante, hay que admitir que ese elevado número de parejas con los mismos nombres y apellidos, aunque posible, sería muy poco probable.*

*La quinta cosa que atrae la atención, es que entre una y otra generación de "Andrew Hawk" existirían grandes e inexplicables saltos:*

*El rico armador irlandés, habría nacido en 1850;*

*El héroe francés que murió en 1945 en Playa Omaha, Normandía, habría nacido en Amiens en 1905, es decir unos 55 años después que el irlandés;*

*El tercero, el inglés, nació en 1960, o sea unos 55 años después que el segundo.*

*Pero los padres del cuarto, (el adolescente desaparecido, de nacionalidad italiana), aunque tenían los mismos nombres de Andrew Hawk y Flavia O'Neil, no pudieron ser quienes murieron en Playa Omaha en 1944, ya que, muertos, no pudieron haber tenido un hijo que fuera un adolescente en 1960. Además, los padres de ese menor, según la información, habrían fallecido en el mismo naufragio del cual él fue rescatado con vida.*

*De manera que es posible que haya habido otras generaciones interme-*

*dias de personas con sus mismos nombres y apellidos.*

No obstante, además de esa insólita o extraña repetición, observo que todos esos "Andrew Hawk", y sus respectivas parejas (salvo el menor), tuvieron el común denominador de haber naufragado.

Esos naufragios, además, se produjeron en una serie consecutiva de embarcaciones, las cuales se denominaron "El halcón", "El halcón II", "El halcón III" y "El halcón IV" en ese orden; lo que indica que sí hubo una secuencia o relación entre los miembros de cada generación, desde 1850 y hasta la presente fecha.

Tampoco mis padres murieron simultáneamente, pues mi madre aún vive: es una Flavia O'Neil que no se casó con un Andrew Hawk, sino con un Charles Murphy.

Es increíble lo bien conservada que ella está. Mis amigas dicen que parece mi hermana mayor. Varios hombres le han propuesto matrimonio, pero ella nunca quiso casarse de nuevo, porque no ha logrado superar el trauma de la muerte de su esposo.

Mi padre, Charles Murphy sí falleció, pero no en un naufragio, sino como consecuencia de una gran explosión, ocurrida durante un experimento en el mismo laboratorio donde ahora yo trabajo.

Cada vez estoy más desorientada y ni siquiera puedo desahogarme o preguntar a mi mamá sobre lo que me está sucediendo, pues ella piensa, y no sin razón, que estoy volviéndome loca.

La aparición de Andrew, ha hecho resurgir con mayor intensidad muchas de las dudas que tenía en mi infancia.

Como científica, sé que esa secuencia de coincidencias no suele ocurrir en la naturaleza.

Tengo que hablar con el joven Andrew que me llamó para que me explique todas esas cosas...

¿Pero cómo podré contactarlo? No tengo la menor idea...

# El ojo del halcón

La siguiente noche, Flavia volvió a soñar. La primera parte del sueño fue casi idéntica a la de la noche anterior, solo que fue mucho más intensa y apasionada.

En la segunda parte, ella pudo ver que la joven estaba embarazada y pudo observar una inmensa alegría en su rostro cuando el joven le acariciaba el vientre, mientras le sonreía orgulloso.

En el sueño pasado solo había notado los labios del joven; pero en la nueva fantasía logró ver sus grandes ojos castaños, una nariz perfilada, una cabellera negra, una boca sensual, un mentón cuadrado... todo su cuerpo. También volvió a ver y a sentir la escena del beso, pero esta vez notó algo que le llamó la atención: del dije, o más exactamente, del rubí del ojo del halcón salía una intensa luz roja.

Después sobrevino la terrible explosión, y ambos naufragaron. Las aguas se llevaron al joven, lejos, muy lejos, de su pareja, que desesperada en vano trataba de asirlo...

El rayo rojo del dije de su amado se alejó de ella disminuyendo de tamaño e intensidad hasta que desapareció totalmente.

La joven de la fantasía logró subirse a uno de los restos del bote.

Flavia la vio desnuda, llorando, sola, iluminada por la Luna.

Entonces notó que sobre el pecho la joven llevaba otro dije idéntico al de Andrew, también con un rutilante rubí, que iluminó con rojo resplandor su bello cuerpo.

Entonces Flavia despertó, gritando:

—¡Andrew! ¡Mi hijo! ¿Dónde están?

Al oír el grito, su madre entró en el cuarto y la encontró llorando, desconsolada.

—¡Los perdí, mamá!

—¿A quién perdiste, hija?

—¡A mi esposo y a mi hijo!

—Fue solo una pesadilla, Flavia. ¡Cálmate! ¡No llores más, cariño! Respira profundo. ¡No tienes esposo, ni hijo!

—¡Los tuve y los perdí! ¡Ahora lo sé, mamá!

¡Andrew no me mintió al decirme que me había visto desesperada y llorado por él!

La madre de Flavia le dio un tranquilizante para que se calmara y pudiera dormir, gracias al cual en poco tiempo la joven quedó rendida.

—¡Pobrecita! -pensó la señora O'Neil-. *Está agotada, sudorosa, ha tenido emociones muy fuertes: las llamadas del acosador, las discusiones con Gus, la ruptura de su compromiso, cuando todo estaba listo para su boda...*

*El exceso de trabajo en el laboratorio. No creo que pueda ir mañana a trabajar. Necesita reposo, mucho reposo. Ojalá que olvide pronto a ese Andrew y encuentre a otro. ¡Un clavo saca otro clavo!*

La señora cerró suavemente la puerta del cuarto de su hija, sin observar que justo en ese momento, de una de las gavetas del closet, salió un intenso rayo rojo, que después de rebotar en el techo, iluminó el cuerpo de su hija.

Flavia tampoco pudo verlo, porque estaba profundamente dormida, pero sonrió, quizás inconscientemente al ser bañada por la extraña luz.

Entonces el turbulento sueño de Flavia, se convirtió en dulce y apacible.

Poco antes del amanecer, el rayo desapareció, pero la joven siguió durmiendo, con un rostro feliz...

## Una cadena en la gaveta

La señora O'Neil se equivocó: muy temprano en la mañana, Flavia se levantó y, muy alegre, se sentó a la mesa de la cocina para desayunar antes de ir al trabajo.

—Buen día, hija. Creí que no irías hoy al laboratorio. Pasaste muy mala noche.

—Después mis fantasías fueron muy hermosas y pude dormir muy bien.

—Esas fantasías, como tú las llamas, te están desequilibrando, Flavia. Deberías evitar pensar en ellas. Lo de Gus, aunque no quieras reconocerlo, te afectó.

—No, mamá. Amanecí muy feliz y relajada. Terminar con Gus fue una sabia decisión. Esa relación no habría durado.

Me cansé de recibir ofensas e insultos.

Ese hombre no me respetaba. Ni siquiera nos habíamos casado, y ya no quería ni verlo.

Pero no me afectó tanto, porque sé que un romance mucho más grande y bello me espera.

—¿El de tu sueño? ¡Nunca lo has visto! ¡No sabes ni quién es!

—Sé que me ama, que es mi esposo y el padre de mi hijo. ¿Qué más necesito saber para buscarlo?

—Te ha amado, ha sido tu esposo y el padre de tu hijo, pero solo en sueños, hija. ¡Pon los pies en tierra!

—Sé que mi fantasía es más que un simple sueño. Es demasiada real para ser solo una ilusión. Además, sí hablé con él.

—No te entusiasmes mucho, Flavia. Sabes que nunca te has casado, ni has tenido un hijo. De modo, que, aunque te duela, esa fantasía sigue siendo una fantasía.

—Pero anoche descubrí algo más, mamá:

—¿Qué fue hija?

—Que el reclamo, lo que atrae al halcón, es el rayo del dije o medallón que vi en sueños.

—Pensé que estabas mejorando, Flavia, pero veo que cada minuto estás peor.

Flavia le describió a su madre el sueño en el cual había visto ese dije.

—¿Era una cadena con la cabeza de halcón, con un rubí como ojo? Es extraño, hija, pero Charles, tu padre, tenía una como la que acabas de describirme.

—¿Qué pasó con esa cadena, mamá? ¿Dónde está?

—La guardé junto con las cosas de tu padre, Flavia. Después del accidente en el cual él falleció, escondí todas esas cosas en una de las gavetas de tu closet. Siempre le tuve idea a ese medallón, porque pensé que algo tuvo que hacer con la muerte de tu padre. No debí decirte eso, porque ahora pensarás que tu famosa fantasía es cierta.

Flavia no oyó esa segunda parte, porque había subido corriendo en busca de la cadena.

Entró a su cuarto y vio un resplandor rojo dentro de su cuarto.

Pero cuando localizó la cadena dentro de la gaveta, el resplandor se había apagado.

Su madre llegó poco después.

El medallón estaba muy caliente, aunque no emitía rayo alguno.

Las dos mujeres lo examinaron con curiosidad: Era de oro y efectivamente tenía un bello rubí por ojo.

—Charles pasaba horas observándolo.

Tu padre decía que le recordaba a alguien o algo, aunque no sabía a quién o a qué. Afirmaba que escondía algún secreto importante.

Una vez le dije que era la cabeza de un águila, y me aclaró que era la de un halcón. La verdad es que yo no sabía, ni todavía sé, diferenciar esas aves. Me daba lo mismo que fuese un águila, que un halcón o un zamuro. Las tres son feas aves.

—¡Ese medallón es exacto al de mi sueño, y jamás lo había visto!

—Sí, es verdad, me consta porque yo misma lo escondí muy bien, para que no lo encontraras; pues siempre lo relacioné con la muerte de Charles.

—Sin embargo, mamá, algún simbolismo tiene que tener: el velero en el cual naufragamos se llamaba "El halcón". Y en inglés, el apellido de Andrew, significa "halcón".

Vi ese nombre escrito en letras rojas sobre la madera de la proa del velero, cuando la explosión lo hizo pedazos.

—Hablas de ese naufragio como si realmente lo hubieras padecido y casi te hubieses ahogado, hija, pero a mí me consta que no saliste de tu cuarto esa noche.

—No, mamá, ese naufragio fue verdadero, real. ¡Lo sé! ¡No entiendo cómo, pero lo viví!

## Andrew llama

Esa noche Flavia se retiró muy temprano a su cuarto, llevando la cadena del halcón en el cuello.

La frotó varias veces, pero nada sucedió. Recordó entonces que Andrew, en su única llamada hasta entonces, le había advertido que podía ser peligroso.

A medida que avanzaban las horas sin que nada sucediese, la tristeza embargó a la joven, que comenzó a llorar.

Recordó que en su fantasía el medallón había rozado su pecho; y que ella se lo había llevado a los labios, ofreciéndoselo a su compañero.

Repitió la secuencia y el ojo del halcón se fue iluminando poco a poco, hasta adquirir una fuerte luminosidad.

Flavia no sabía qué hacer. Desesperada, habló al medallón.

—¡Andrew, te necesito! Perdona, por no haberte escuchado antes.

La luz del halcón parpadeó varias veces.

Después, el teléfono de Flavia repicó:

—¿Eres Flavia? ¿Flavia O'Neil?

—Sí, Andrew, Soy yo.

¡Qué alegría la de poder hablar contigo! Temí que no volvieras a llamarme jamás. Fui una tonta. Disculpa.

—Yo también me alegro, Flavia. ¡Tenemos que conversar sobre lo que nos pasó! ¡Hay muchas cosas que te parecerán increíbles y que debo explicarte personalmente! No tienes nada de qué disculparte, querida. Cuando te explique, lo entenderás todo.

Pero eso requerirá algún tiempo y el rayo de mi medallón en este momento no tiene suficiente energía.

¿Podría visitarte en tu casa mañana temprano? Espero que tu mamá no se disguste.

—Serás bienvenido, Andrew. Te esperaré ansiosamente.

—¡Buenas noches, Flavia! ¡Hasta mañana!

—¡Esta será mi mejor noche, Andrew! No sabes cuánto te he extrañado. ¡Hasta mañana! Esperaré ansiosa tu llegada.

—Llevo muchos años extrañándote, querida. Pero Dios nos unió de nuevo.

## El invitado

Nunca los sueños de Flavia habían sido más felices que los de esa noche.

En rápida sucesión y con absoluta nitidez, vivió escenas de diversas etapas de su vida, e incluso soñó con su difunto padre, Charles Murphy, que la abrazaba con cariño, mientras su madre los veía con una cara de radiante felicidad.

En una de las escenas de su nueva fantasía, ella aparecía embarazada; en otras, dando a luz un hermoso niño.

—*¿Será que morí y estoy en el Cielo? No puedo concebir tanta felicidad.*

Se levantó muy temprano, se bañó, se puso el traje que más le gustaba, se acicaló y perfumó.

Luego, arregló la casa, y preparó el desayuno, mucho antes de que su mamá se despertara.

Cuando la señora O'Neil se levantó, la encontró muy alegre y elegante, arreglando la mesa del comedor.

—¿Vas a salir, hija? Apenas son las siete de la mañana. ¿Viene alguien a buscarte? Veo tres puestos en la mesa del comedor. Sacaste nuestra más fina vajilla. Hasta flores hay en la mesa. Normalmente comemos las dos solas, en la cocina.

—¡Espero a Andrew, mami!

¡No te imaginas lo feliz que estoy!

La señora O'Neil miró a su hija con compasión y profunda tristeza. Sus ojos estaban llenos de lágrimas.

—Hija, esto está llegando demasiado lejos. Sé que la muerte de Charles te afectó y que, al igual que yo, sufres de terribles pesadillas.

Pero tú eres lo único que me queda en la vida, y no quiero perderte. Tienes que darte cuenta de que esas fantasías son solo eso: fantasías, ilusiones, como las tuve yo, como las tiene cualquier joven de tu edad...

Pero lo que me preocupa es que no puedas diferenciarlas de la realidad.

Cuando una se despierta, esas fantasías, buenas o malas, desaparecen.

—Mamá, hoy será otro día de lágrimas, pero de alegría, no de dolor. Ya hemos sufrido y llorando bastante. Ahora nos toca reír, mamá, como lo hacíamos cuando las dos éramos felices con papá.

—Hija. Perdona que sea yo quien te amargue este momento tan feliz para ti, pero no estás bien; necesitas atención profesional.

Flavia, yo solo soy, una simple ama de casa, la viuda de un científico, que tuvo una horrible muerte.

Como tú, vivo de recuerdos, anhelos e ilusiones, que solo están en mi atribulada mente.

—Mamá: Lo que yo estoy viviendo sí es real: anoche hablé de nuevo con Andrew.

—Convéncete hija. Ese hombre no volvió a llamarte ni lo hará de nuevo. Fue un sueño, agradable, sí; pero solo un sueño.

—No, mamá, volvió a llamarme por mi teléfono. ¿No lo oíste repicar anoche?

—Oí sonar un teléfono y pensé que era Gus, tratando de insultarte de nuevo.

—¿Gus? Para mí solo es parte de un pasado, odioso, desagradable.

A ese sí tengo que borrarlo de mi mente.

Mi pasado, presente y mi futuro es Andrew, el hombre a quien siempre he amado.

—Verás que pasarán las horas, hija, y que el café y el desayuno que con tanto cariño has preparado para ese desconocido se enfriarán, pero él no vendrá. No te hagas falsas ilusiones.

—¡No es un desconocido, mamá! El hombre a quien espero, el que vendrá es mi Andrew: mi esposo, el padre de mi hijo... ¡Tu yerno...!

La señora O'Neil no pudo evitar llorar.

En vano Flavia trató de consolarla, de transmitirle lo que el sueño le había hecho recordar.

Mientras más la acariciaba y besaba, más fuerte era el llanto de su madre.

## El encuentro

En eso, sonó el timbre. Flavia salió presurosa, abrió la puerta y vio frente a ella un joven sonriendo, vestido con ropa casual, de ojos color castaño claro, abundantes cabellos, bien rasurado, con un ramo de rosas rojas en la mano.

Supo de inmediato que era Andrew.

No pudo ni quiso controlarse: lo abrazó y besó.

Rebosante de felicidad, lo invitó a pasar.

La señora O'Neil no podía creerlo, aunque educadamente dio la mano al joven.

—Buen día, señora. Perdone todas las molestias que le he ocasionado, pero pronto entenderá que tuve razonables motivos para tratar de contactar a su hija.

A mí también me costó mucho comprender lo que nos había pasado; y no se imagina cuánto he sufrido tratando de localizarlas a Flavia y a usted.

Estuve años buscándolas en Irlanda, en Inglaterra, en Italia, en toda Europa, y en América, donde por fin las encontré.

—¿Nos buscaba a las dos?

—Por supuesto. No solo a su hija: a usted también, ya que es mi querida suegra, aunque en este momento usted no lo recuerde. Pero yo jamás la he olvidado: siempre fue muy buena y cariñosa conmigo. Además, su esposo me rogó que la buscara.

—Lamento informarle, joven, que no puedo ser su suegra, porque mi hija nunca se ha casado. Su confusión ha hecho que me hija esté perdiendo la razón, y ella es todo para mí. Mi esposo, su padre, murió por causa de una explosión; y ella y yo estamos solas en este mundo.

—Le ruego, señora, concederme tan solo unos minutos para explicarles todo lo que pasó. Después, si no las convenzo, me iré.

—¡No, Andrew, no permitiré que te alejes nuevamente de mí! ¡Sé que dices la verdad! Soy tu esposa, la madre del pequeño Charles Hawk O'Neil, tu hijo.

No entiendo cómo puede ser eso, pero es verdad, lo sé. Me lo dice mi corazón.

Andrew comentó:

—Veo que recibiste las imágenes que te envié a través del Halcón. Eso fue posible porque en ese momento ambos teníamos en sintonía las cadenas del halcón.

164

—Sí. No logré entender muchas de las imágenes. No sé ni cuándo fueron tomadas. Supongo que algunas son muy antiguas, como las del velero de madera, con el nombre El Halcón.

En otras, se nota que el casco de "El Halcón" es de metal o de fibra de vidrio o de un material más moderno.

Hay unas con construcciones que no logro identificar ni ubicar, aunque recuerdo haberlas visto.

La madre de Flavia exclamó:

—Si eso de que ustedes son esposos es verdad, soy yo quien está loca.

Yo misma te parí, Flavia. He estado contigo durante toda tu vida; y, que yo sepa, jamás has estado embarazada ni tenido hijo alguno.

De haber sido cierto me habría enterado, porque siempre has vivido a mi lado, y cuando murió tu padre, eras solo una niña.

Sonriendo afectuosamente a la madre de Flavia, el joven le dijo:

—Sé que es duro de entender, buena señora.

Al principio, cuando pensé en esa posibilidad, creí que yo había perdido la razón.

Pero si me concede el honor de oírme, le aseguro que entenderá todo. Ni su hija, ni usted, ni yo, estamos locos.

No obstante, admito que en este momento tiene todo el derecho de sospechar de mí y de echarme de su casa.

La madre de Flavia, le respondió:

—Debo confesarle, joven, que me lo imaginaba muy diferente de aspecto y de actitud. Lo creí un vulgar acosador sexual.

Antes de conocerlo, una de las cosas que me sorprendió es que cumpliera su promesa de no seguir llamando a Flavia; y que solo lo hiciera cuando fue mi hija quien, no sé cómo, le rogó que la contactara.

Veo que es un hombre respetuoso, de trato fino, respetuoso y educado, y eso es difícil de encontrar en los jóvenes de estos tiempos; aunque sigo creyendo, que se equivocó de Flavia.

¡Y créame, señor, que lamento, porque sé que mi hija lo ama, que usted se haya equivocado de persona!

Nunca lo había visto antes, pero mi subconsciente me recuerda a alguien muy apreciado de mi familia, aunque en este momento no podría precisar a quién.

Flavia había permanecido callada, mirando arrobada a quien decía ser su esposo.

Muy gratos recuerdos comenzaron a brotar en su mente.

Su corazón le decía que el joven no mentía, y deseaba fervientemente que todo lo que afirmaba fuese cierto; aunque ella no podía entender cómo podría serlo.

Impaciente, interrumpió la conversación que su madre sostenía con el recién llegado:

—Mamá, déjalo que pase y se siente. ¡Te oiremos con gusto, Andrew! Habla todo lo que quieras. Yo te creo.

¡Estás en tu casa! ¡Te preparé un delicioso desayuno, como los que te hacía antes!

## Desconcertantes respuestas

Durante el desayuno, la primera que habló fue Flavia:

—Andrew: Me dijeron que las llamadas que hacías a mi casa partían de una vieja casa situadas en las afueras de Londres. ¿Es allí donde vives?

—Sí. He vivido allí durante muchos años, pero también en otros lugares.

—¿Eres del anciano que nació en Dublín, Irlanda, en 1850 y que habitó esa casa?

Andrew no pudo evitar sonreír al oír esa pregunta:

—Veo que me investigaste, querida. Siempre has sido así. Ese hombre, a quien llamas "anciano" soy yo.

Antes de que me lo preguntes, te digo que también soy el Andrew Hawk, el francés que supuestamente murió en 1944 en Playa Omaha; el inglés que nació en 1960; y el adolescente que nació a finales del siglo pasado. Todos somos una única persona.

La señora O'Neil intervino:

—No puedes ser el mismo hombre que nació en 1850, tendrías mucho más de cien años. Además, no pudiste haber nacido en varias fechas distintas. ¿Eres inmortal? ¿Es acaso cosa de brujería o magia negra, diabólica? ¿O eres un extraterrestre? Ese medallón con ese horrible halcón, siempre me inspiró desconfianza. Se llevó a mi Charles.

—Todo lo contrario, señora. Eso no es brujería ni magia negra y nada tiene que ver con alienígenas o extraterrestres. Se llama "ciencia" y es de este mundo, solo que mucho más avanzada que la que se conoce en este tiempo.

Flavia intervino:

—Me tiene sin cuidado, Andrew, que hayas nacido hace veinte años o más de un siglo; o que seas o no seas el Hawk irlandés, el inglés, francés o el italiano. Me da lo mismo.

Pero tienes que admitir que lo que dice mi madre es cierto... Además, esos señores Hawk estuvieron casados, y si tú fueras ellos, también lo estarías...

Y en tal caso, yo no podría ser tu esposa, porque ni siquiera existía.

—Tú eres mi única esposa, la madre de mi hijo Charles Hawk O'Neil. Eres la misma

Flavia O'Neil de todas esas épocas. Lo que pasa es que no lo recuerdas con precisión.

—No te entiendo, Andrew, ¿podrías aclararme todo eso?

—Con gusto, querida: "El Halcón" es una máquina del tiempo, que nos permitió trasladarnos a otras épocas. Esa máquina del tiempo. Fue inventada por tu padre, el profesor Charles Murphy, y por mí.

—¿Una máquina del tiempo con tecnología de hace casi dos siglos, sobre un bote de madera?

—El Halcón I era una máquina del tiempo, sobre un rústico bote de madera, pero está dotada de sofisticados equipos del siglo XXIII.

Lo que hemos hecho es aplicar la tecnología del futuro para visitar diversas épocas del pasado.

La señora O'Neil se atrevió a decir:

—Charles murió en el siglo XXI. No pudo haber inventado esa máquina del tiempo en el siglo XXIII.

—Ni el profesor Murphy, ni usted, ni Flavia, ni yo, nacimos en este siglo o en el anterior... Somos de este mundo, pero de otro tiempo y todos estamos temporalmente de visita aquí, gracias o por culpa del Halcón.

Pertenecemos al siglo XXIII, señora; siglo en el cual, su hija y yo engendramos y tuvimos un precioso niño, Charles Hawk O'Neil, el mismo que Flavia vio en las imágenes que le envié anoche a través del medallón del halcón.

—Perdona, Andrews, eso no es posible. Mi esposo murió en este siglo, y nadie puede morir antes de nacer.

—Le tengo una buena noticia, señora: isu esposo no murió! Está vivo, pero en su tiempo, en el siglo XXIII, esperándola.

La explosión que desintegró el laboratorio secreto, en el cual intentaba reparar al Halcón, solo lo retornó a su época, la misma de usted, de Flavia y mía. Él me envió a buscarlas.

—Pero Flavia sí fue concebida y engendrada en este siglo. Hasta tuvo sus propios padres, que fuimos Charles y yo.

—Ustedes, ella y yo, nacimos en el siglo XXIII.

Su esposo y yo habíamos hecho con éxito varios viajes en secreto al pasado, entre ellos, a los años 1850, 1945 y 2000, y asumimos diversas personalidades.

Sin embargo, en el último viaje, el que hicimos a este tiempo, tuvimos serios percances:

El primero, fue que el Halcón la atrajo también a usted, lo que no habíamos previsto.

El segundo, fue que me trasladó a mí a otros lugares y épocas, distintos a los de los demás pasajeros del Halcón. Estuve años buscándolos.

Además, el desperfecto del Halcón hizo borrar parcialmente a los pasajeros la noción de que pertenecían al futuro.

Afortunadamente, en el subconsciente del profesor Murphy quedaron grabadas muchas informaciones científicas sobre el Halcón. Esas informaciones fueron aflorando con el paso del tiempo e hicieron que el profesor tratara de reconstruir otra máquina, similar al Halcón.

El medallón que él tenía fue muy importante para hacerle recordar el futuro.

Yo conservé gran parte de mi memoria sobre nuestra vida en el siglo XXIII, pero solo tenía el medallón mediante el cual el profesor y yo nos comunicábamos.

Desafortunadamente el profesor perdió su localizador en la explosión en del laboratorio que lo trasladó al siglo XXIII.

Pero usted, señora, lo recuperó y lo guardó, Por eso, ese medallón no volvió a encenderse hasta anoche, cuando Flavia lo activó.

—¿Entonces, los naufragios no fueron verdaderos, Andrew?

—Claro que fueron reales. Esas terribles explosiones se producían al pasar de un tiempo a otro. El profesor Murphy y yo tratamos de controlarlas, pero en la primera, la de la barcaza de madera, casi nos ahogamos todos, incluyéndote, Flavia.

No obstante, los equipos electrónicos del Halcón no se perdieron en esos naufragios, porque en su mayoría se encuentran en el futuro.

—¿Cómo podrías comprobarle eso a mamá?

—Retornado al siglo XXIII en la misma máquina del tiempo.

—¿En el Halcón? ¿Dónde está?

—En el futuro, pero puedes llamarlo cuando quieras: se activa y dirige con los rayos de los localizadores, lo que ustedes llaman medallones.

Una vez que los rayos de los dos localizadores se unan, tu padre, desde el siglo XXIII, con los equipos de los cuales dispone en ese tiempo, coordinará y dirigirá el viaje que nos permitirá a ti, a tu madre y a mí, retornar a ese siglo.

—¿Se encuentra bien nuestro hijo en este momento? ¿Quién lo está cuidando? ¿Me ha extrañado? ¿Pregunta por mí?

—Nuestro hijo se encuentra muy bien. Ni él ni yo podemos vivir sin ti. Tu padre lo ha cuidado y nada le ha faltado. Sin embargo, hoy amaneció preguntando por nosotros.

Charles le dijo que hoy mismo estaríamos con él.

—¡Y estaremos, querido! Me muero por ver y acariciar a nuestro hijo.

La señora O'Neil hizo una observación:

—Hay algo que me preocupa, Andrew: ¿Envejeceremos al viajar hacia el futuro?

—En realidad el siglo XXIII no es nuestro futuro, sino nuestro presente. Nuestra edad biológica es la de allá, no la de aquí.

Su esposo no envejeció cuando la máquina lo devolvió a ese siglo.

Y nosotros tampoco rejuvenecimos en el caso inverso, es decir, cuando el Halcón I nos trasladó a 1850.

Parece que uno de los efectos de movilizarse con el Hawk es detener el tiempo biológico.

Flavia le preguntó:

—¿Seremos inmortales?

—No, querida, en el siglo XXIII sí envejeceremos y moriremos después de un largo proceso de maduración y envejecimiento, como cualquier otro ser humano de esa época. Pero gracias a los avances de la Medicina, el promedio de vida es casi el doble del que existe en el siglo XXI.

No somos dioses, ni inmortales: El Hawk solo nos permite viajar a través del tiempo, con muchas limitaciones y riesgos.

Aquí y allá simplemente seremos simples criaturas de Dios, que usamos la inteligencia que Él nos dio para lograr desplazarnos a diferentes siglos.

Siempre habrá riesgos, pero, tu mamá, por ejemplo, tiene la misma edad biológica que tenía cuando llegó a este tiempo. Luce casi como tú.

La señora O'Neil admitió:

—Es cierto. Pero mi hija sí se desarrolló en este tiempo: llegó siendo una niña y hoy es toda una bella mujer de veinte años. ¿Y si envejece durante el viaje?

—Eso mismo me preocupó a mí, señora, pero el profesor Murphy me garantizó que el viaje al siglo XXIII no la afectaría. Para los del siglo XXIII solo habremos estado ausentes y envejecido unos dos o tres minutos, desde que salimos de allí; aunque aquí a nosotros nos hayan parecido años o siglos. De todas maneras, en caso de que ese riesgo se presente, un sistema diseñado por él abortará el viaje y nos regresará automáticamente a este tiempo.

Flavia dijo:

—Correré el riesgo, Andrew. Confío en ti. No me importa. Quiero vivir contigo y con nuestro pequeño hijo. En cualquier año, siglo o lugar.

La señora O'Neil exclamó, entusiasmada:

—Debo estar loca, pero yo también iré con ustedes. Deseo ver de nuevo a mi Charles, abrazarlo, hablar con él...

Además, si a ustedes les pasa algo, quedaré sola para siempre en este tiempo.

## Frotan los medallones

Salieron a un parque vecino. Flavia y Andrew frotaron sus medallones y de ellos salieron dos intensos rayos rojos.

Al juntarse ambos rayos, una extraña nave, el Hawk, se materializó, descendió silenciosa y lentamente, y se posó cerca de ellos. Los tres entraron a la nave.

Flavia preguntó a Andrew:

—Y ahora, ¿qué debemos hacer para ir al siglo XXIII?

—Lo mismo de antes, Flavia. Eres una experta encendiendo al Halcón.

No sé por qué, pero solo funciona así.

—No te preocupes, ya sé cómo es, la primera parte, la del encendido, es muy agradable.

La dura es la que viene después.

¿Estás seguro de que no te equivocaste de Flavia?

—Estoy completamente seguro de que eres la correcta, querida.

—¡Vamos, entonces!

¡En el nombre de Dios!

—En el nombre de Dios, que es el dueño y señor de todos los tiempos...

Flavia tomó su medallón, lo frotó primero en su seno derecho, lo colocó entre sus labios y se lo ofreció con un beso a su esposo.

Se produjo una enorme explosión. Sintieron un agudo dolor y perdieron momentáneamente el sentido, pero después la nave se posó suavemente en algún lugar.

El paisaje era completamente distinto.

Un hombre se acercó al Halcón llevando a un niño agarrado de la mano; y les abrió la compuerta de la nave.

Entre el humo y los vapores, la señora O'Neil lo reconoció:

—¡Es Charles! ¡Está vivo!

El niño se desprendió de su abuelo, salió corriendo y abrazó a Flavia:

—¡Mamá, por fin regresaste!

¿Dónde estabas? Te he buscado para que veas la mascota que me regaló el abuelo.

El niño no entendía por qué su madre besándolo y llorando de emoción, lo abrazaba con tanta fuerza.

Cuando se calmó, Flavia le respondió:

—No sabes lo que me alegra verte, hijo mío.

No volveré a irme. Me quedaré aquí para siempre, con tu papi y tus abuelos. ¡Ahora lo recuerdo todo! ¡Estuve a punto de perderme, y de perderlos a ustedes, de quedarme en el pasado, viviendo otra vida!

Sonriendo, el profesor Charles dijo a su nieto:

—No exageres, muchacho: tu mamá apenas estuvo ausente 2 minutos y 24 segundos.

La madre de Flavia exclamó:

—Para mí, Charles, esos dos minutos y unos pocos segundos de ausencia, que estuve sin ti en el otro tiempo, fueron una eternidad.

# El Huecólogo

# El Huecólogo

### Eutimio

Desde pequeño, Eutimio Rodríguez había mostrado gran afición por las excavaciones.

Un Día del árbol su maestra le pidió que hiciera un hueco en el pequeño jardín del colegio para sembrar una mata de guayaba, y no solo hizo uno, sino diez huecos exactamente iguales.

Cuando lo metieron preso, por estafa, se escapó haciendo un túnel de más de 20 metros de largo. El jefe de la policía, para evitar explicar a la prensa cómo era posible que un detenido hubiese podido hacer un túnel de esas dimensiones, supuestamente sin herramientas y sin que nadie lo hubiese ayudado ni notado, declaró que no hubo fuga alguna, pues la cárcel no tenía presos desde semanas antes.

También indicó que, si bien era cierto que Eutimio había sido arrestado como consecuencia de una denuncia, mucho antes del descubrimiento del túnel había sido liberado, por falta de pruebas en su contra.

En un comunicado oficial, el alcalde se atribuyó la construcción del túnel, al cual calificó de "magna obra" de su despacho.

Recalcó que fue ejecutada en sus horas libres, por los policías y otros trabajadores de la alcaldía, para dotar de cloacas a la cárcel; con un ahorro significativo de gastos para la comunidad, ya que habían logrado ejecutar esa excavación con un costo equivalente al 50% del presupuesto que le había presentado una constructora privada.

Por si acaso, Eutimio que era un brillante estudiante y uno de los hombres más ricos del pueblo, decidió emigrar a Europa, y después de haber pasado por varios reconocidos centros de estudio, con los máximos honres se graduó de ingeniero de suelos en la Universidad Técnica de Aquisgrán, en Alemania.

Después de varios años de duros trabajos en un túnel de los Alpes, Eutimio regresó a su pueblo natal, donde fue recibido como un héroe.

## La tragedia del pueblo

Años después, el pequeño pueblo parecía un queso Gruyere, pues tenía huecos en todas partes, especialmente, en las paredes y muros de las bodegas y ventas de licores. En una oportunidad la represa del pueblo inexplicablemente se vació en cuestión de horas, cuando supuestamente tenía reservas de agua para varios años. Los expertos encontraron un enorme hueco debajo del dique, por el cual se escapaba el agua montaña abajo. La reparación, encomendada a Eutimio, fue muy costosa y mantuvo al pueblo sin agua durante dos años.

Las viejas casas, especialmente las de bahareque, debilitadas por los numerosos huecos, y por los túneles debajo de sus bases, se desmoronaban apenas llovía. Aprovechando la escasez de agua, Eutimio montó un próspero negocio de excavación de pozos artesanales, que le produjo excelentes dividendos.

Era conocido como un hombre serio, honesto y trabajador, que con su ingenio y trabajo había logrado cosas que ni el gobierno había podido realizar.

Entre ellas, Eutimio había construido a sus solas y únicas expensas, un pozo en la plaza principal. que surtía gratuitamente de agua potable a las clases más necesitadas del pueblo.

Además, tuvo la previsión de construir también un pozo de agua para el alcalde, otro para el jefe de la policía y otro para el juez; a quienes se negó a cobrarles suma alguna, porque "tan abnegados y desinteresados servidores de la comunidad, debían ser recompensados de alguna manera".

En el bar del poblado, don Roberto Medina, un anciano de 90 años recordó haber leído en alguna parte sobre una aldea catalana que había confrontado un problema similar, el cual resultó haber sido causado por una pareja de topos, donada por alguien al zoológico municipal.

Fue entrevistado por la periodista más famosa de la localidad. Las declaraciones del anciano aparecieron en la primera plana del diario del pueblo, con una enorme foto suya, y con el siguiente titular: *"Los culpables son los topos",  afirma don Roberto Medina.*

Para evitar ataques contra el gobierno, Melquíades Ramos, uno de los líderes del partido oficial acusó a don Roberto de haber sido quien se trajo de Cataluña a esa pareja de topos.

Melquíades expuso:

—Es parte de una maquiavélica estrategia del Imperio, que pretende invadir al pueblo usando esos túneles.

De esa manera, sus aviones, volando bajo tierra, no podrán ser detectados por los costosos equipos de defensa aérea que nuestro gobierno adquirió meses antes.

Un coro de centenares de voces, gritó:

—¡Muera el Imperio!

¡Mueran los topos!

¡Mueran los aviones!

Melquíades continuó:

—¿Quién había visto antes topos en esta región? ¡Que levante la mano quien haya observado un topo, aunque haya sido solo uno y de lejos! ¿No es una extraña casualidad que don Roberto, la única persona que en este pueblo sabe de topos, sea nieto de un catalán? ¡Se trajo los topos de contrabando en la maleta! ¡Don Roberto debe ser enjuiciado por contrabando de animales y por los daños al pueblo!

Una ola de rechazo general, acompañada por una lluvia de piedras, obligó a don Roberto Medina a recluirse en su casa, de la cual solo salió cuando, dos semanas más tarde, murió de viejo, y lo llevaron al cementerio.

Los enterradores se negaron a abrirle la fosa, alegando que el difunto podía ordenar a sus topos que se la hicieran, porque ellos no trabajarían de balde.

Sin embargo, al día siguiente, encontraron una fosa perfectamente excavada en el panteón de los Medina, solo que era unos 4 metros más profunda de lo usual. Hubo que importar tierra de un cerro cercano para tapar el gran hoyo. Eutimio pagó todos los costos funerarios, incluyendo una lápida de mármol.

Desde entonces, el número de huecos aumentó progresivamente y nadie dudó de que eran consecuencia de una maldición póstuma de don Roberto, quien no obstante haberse comportado siempre de manera intachable y correcta, haciendo el bien a todos, había sido marginado y maltratado por el pueblo.

Los topos no solo horadaban las paredes, sino que también robaban alimentos, finos licores y costosos relojes y joyas.

## La asamblea popular

A instancias del líder Melquíades, el alcalde convocó a una asamblea popular:

—¡Queridos vecinos y amigos!: Los he convocado para que busquemos una definitiva solución al grave problema de los topos.

Grandes aplausos resonaron en la sala. El alcalde añadió:

—No cabe la menor duda de que el hombre que más sabe de huecos en este pueblo es Eutimio Rodríguez, pues lleva tiempo construyendo varios pozos de agua por mes. Es uno de los ingenieros de suelos más importantes del país y del mundo.

Los presentes convinieron en que era cierto; y el alcalde se dirigió a Eutimio, quien modestamente se había sentado en el último puesto de la sala.

—Ingeniero, le rogamos sentarse en el podio.

Todos lo aplaudieron cuando tímidamente el hombre se levantó y sentó en la última de las tres hileras de sillas que tenía el podio.

—No, por favor, Eutimio. Allí atrás, no:

¡Siéntese acá, en el centro de la primera fila!

¡Usted es el hombre más importante del pueblo! Hoy más que nunca necesitamos sus sabios consejos, por algo lo llaman "el Huecólogo".

Sonrojado, el aludido contesto:

—Gracias, señor alcalde, pero soy un simple ciudadano más. Cualquier otro es más importante y valioso que yo, que solo sé hacer huecos...

La sencillez y humildad del empresario cautivaron a la audiencia.

El alcalde continuó:

—Nadie mejor que usted, ingeniero, puede decirnos cómo librarnos de los topos que están destruyendo a nuestro amado pueblo. Sabemos que lleva meses analizando el problema. Muchos lo hemos visto meterse y salir de los huecos para estudiarlos, ¿qué puede decirnos, Eutimio?

—No hay forma de contener ni de eliminar a un topo, sino con sus propias armas. *Un clavo saca a otro clavo*. ¡Un hueco sacará a otro hueco!

Aunque nadie entendió, los aplausos y ¡hurras! fueron muy superiores a los anteriores.

El juez, dubitativo, le rogó:

—¿Podría explicárnoslo mejor, señor Eutimio? La verdad es que no le entendí muy bien eso de que *un hueco saca a otro hueco*.

—Con gusto, señor juez: está comprobado que los topos me temen, pues han hecho huecos en todas las paredes, menos en las de mis propiedades.

El farmaceuta, admitió:

—Es cierto. Me consta, porque soy su vecino. Ninguna de las paredes de su casa ha sido perforada.

Otro dijo:

—Tampoco las de su empresa de pozos.

Gioconda, una joven catira, alta, de ojos azules, con unos voluminosos senos que luchaban para asomarse en la parte superior de su apretado corpiño, el cual era de una talla inferior a la que correspondía a las redondeces de tan linda joven, y quien pocos meses antes había sido coronada como la reina de belleza del carnaval del pueblo, añadió:

—Ninguno de los inmuebles del Huecólogo ha experimentado daño alguno.

Mi casa también es vecina a la suya, pero a la de él, nada le han hecho los topos.

En cambio, las paredes del baño de la mía, precisamente las que dan hacia la casa de Eutimio, están llenas de enormes huecos.

Casi me baño a la vista de todo el mundo; bueno, exageré, no de todo el mundo, sino a la vista de él, porque afortunadamente los topos han respetado el resto de mi vivienda.

Todos se quedaron viendo a la joven reina Gioconda I, imaginando con envidia el espectáculo que Eutimio podía ver desde su casa.

A pesar de su modestia, el Huecólogo no pudo evitar una sonrisa de orgullo y de satisfacción, al recodar tan gratas escenas.

El juez fue el primero que logró reaccionar

—Está bien, ingeniero Eutimio. No cabe duda de que los topos lo respetan.

¿Pero cómo logrará deshacerse de ellos?

¿Qué tiene eso que ver con lo que antes dijo, lo de que *un hueco sacará a otro hueco*?

—Muy sencillo, señor juez: abriré un hueco profundo y estrecho. Llevaré a los topos para allá. Cuando estén dentro, no se atreverán a salir porque yo estaré todo el tiempo detrás de ellos.

—Pero podrán irse por los lados, abrir otros túneles...

—No, señoría. Yo tengo el poder de controlar sus mentes. Tendrán que ir a donde yo quiera.

—¿Y hasta dónde quiere usted llevarlos?

—¡Los llevaré al otro lado del mundo!

Melita Mellado una mujer más ancha que alta, quien decía que ella no era gorda, sino que tenía "exceso de belleza" y quien se autoproclamó la presidenta del Capítulo *Topos y Topas en peligro de extinción* de la Sociedad protectora de animales, exclamó, escandalizada:

—¿Piensa matar a esos pobres e inocentes animalitos, ingeniero?

—No, doña Melita: haré que excavan siempre hacia abajo, hasta que atraviesen todas las capas de nuestro planeta, traspasen su núcleo y salgan por el otro lado, exactamente en el zoológico europeo de donde partieron.

Así esos catalanes dejarán de estar mandando depredadores a nuestro pueblo.

Estruendosos aplausos y muchos "hurras" llenaron la sala.

El cura del pueblo expresó sus dudas:

—Perdone, Eutimio, pero ¿no sería más rápido, sencillo y económico devolver por avión esos topos a los catalanes?

—¿Se imagina, reverendo, lo que pasaría si esos topos horadan las paredes del avión? ¡Usted sería el único responsable de la muerte de la tripulación, de los pasajeros, de las personas a quienes el avión les caiga encima, y de los topos! Además, esos animalitos lo que están es tratando de sobrevivir en un mundo hostil. ¿Por qué quiere usted asesinarlos de esa manera tan fea?

Apenado, el cura se disculpó:

—Disculpe, don Eutimio, no sé cómo se me ocurrió sugerir esa criminal solución. Lo lógico y más seguro es lo que usted propone: hacerlos excavar un túnel tan profundo que los haga salir por el otro lado de la Tierra, justo en el lugar de donde partieron.

Doña Melita Mellado, exclamó emocionada, entornado sus soñadores ojos, mientras las lágrimas le regaban el *rimmel* por las mejillas y le daban un aspecto de ultratumba:

—¡Eso es lo correcto! Así, tan bellos animalitos por fin podrán reunirse con las topas que dejaron en Europa, y tener muchos topitos... Está científicamente comprobado que las topas abandonadas por sus parejas siguen siéndoles fieles.

No obstante, esa fidelidad, aunque muy bella y aleccionadora, pone en peligro la sobrevivencia de esa especie.

Con el proyecto de don Eutimio, se garantiza la continuidad de los topos y topas en este mundo.

Lo propondré como candidato para recibir el Primer Premio de la *World Wildlife Organization*; y escribiré a *National Geographic* para que elabore un documental de por lo menos ocho horas seguidas de duración, que deje constancia gráfica del conmovedor momento en que los topos y topas se reencuentren y apareen.

Los aplausos eran ensordecedores.

En el pueblo nadie había ganado jamás un premio, ni siquiera en la lotería.

Por ello, los pobladores emocionados por tener entre ellos nada menos que al futuro ganador del premio de la *World Wildlife Organization*, llevaron en hombros al Huecólogo y lo pasearon por todas las calles del pueblo.

Cuando regresaron a la sala, Martinho, el farmaceuta, se atrevió a opinar:

—Nada sé de topos. Nunca he visto uno. Por eso, no puedo discutir con un hombre que tan merecidamente se ha hecho acreedor al Premio de la *World Wildlife Organization*.

No obstante, pero lo que ha dicho mi vecina y clienta, doña Melita Mellado, ha hecho surgir en mi cerebro una nueva preocupación:

Muy bello el espectáculo del reencuentro y apareamiento, a la salida del túnel, de los topos que se refugiaron aquí con las topas que dejaron en Europa.

Sin embargo, me permito preguntar a doña Melita: ¿No sería conveniente esterilizar previamente a los topos antes de devolverlos a su zoológico?

Casi histérica, la aludida gritó al farmaceuta:

—¿Cómo se le ocurre? ¡Eso es contra natura!

¿No ha leído usted la carta fundamental de los derechos de los animales, sección MCLVI, que trata sobre los derechos de los topos y topas de reproducirse sin más limitaciones que las que establece la Naturaleza?

¿Qué sentido tendría devolverlos a sus parejas, si no van a poder formar un hogar?

Martinho le contestó:

—¿Y si los topos, topas, y sus topitos regresan utilizando el mismo túnel que abrirá Eutimio?

El ingeniero le respondió:

—Ese riesgo no existirá, señor Martinho porque en la medida que los topos y yo avancemos hacia el centro de la Tierra, iré cerrando y compactando el túnel a mis espaldas.

—¿Y cómo regresará usted?

—A diferencia de los topos, yo sí puedo regresar en avión. En primera clase, por supuesto.

El licenciado Bohórquez, contralor municipal, preguntó:

—¿Quién pagará los enormes costos de ese túnel?

—Todo el pueblo, a través del municipio. Pero no se preocupen. haré a la municipalidad un precio especial, de apenas $ 550 por cada kilómetro de excavación. Eso es lo que me cobrarán por lavarme la ropa que utilizaré, y recuerden que allá abajo tendré que comer.

Además, al pasar el centro de la Tierra entraré en la órbita del euro, y todo me costará más.

—¿Y cómo se lo pagará el municipio?

—Ustedes podrán escoger una cualquiera de estas dos fórmulas:

A) Pagarme en efectivo a medida que yo profundice mi excavación.

De modo que uno de ustedes baje diariamente y me pague allá abajo, en efectivo, mis $ 550 por kilómetro realmente excavado durante ese día; o

B) Hacerme anticipadamente una única y total transferencia irrevocable a mi cuenta bancaria.

En ese caso, tendrán un descuento por "pronto pago" de $ 50,00/km.

¡Como el diámetro de la Tierra es de 12.742 kilómetros, estarían ahorrándose la bicoca de $ 637.100!

El licenciado Bohórquez, quien siempre había sido un tenaz defensor de los fondos del municipio, le propuso una forma más segura:

—¿No podríamos pagarle haciéndole diariamente transferencias en función del número de kilómetros realmente excavados por usted durante el respectivo día? ¡Eso sería más claro y transparente!

—No, licenciado. Abajo, dentro del túnel, no puede haber claridad y, menos aún, transparencia: solo oscuridad.

Además, allá no tendré banco alguno donde pueda hacer efectivas esas transferencias.

Lo que les estoy cobrando es un precio simbólico:

> Pregunten a cualquier empresa de túneles cuánto cobra por cada kilómetro de excavación y eso que ellos no tienen el trabajo de estar arreando a los topos.

Una señora preguntó dubitativa:

> —¿Y si, en lugar de bajar para entregárselos en efectivo, cada día le tiramos sus dólares por el hueco? Por la gravedad llegarán a sus manos, don Eutimio.

> —Perdone, señora. Esos dólares me llegarían todos sucios, mojados y llenos de barro...

> ¿Quién me los aceptará en el centro de la Tierra?

> Además, una vez que yo haya pasado el núcleo, la gravedad funcionaría en sentido contrario.

Eutimio aclaró que no se hacía responsable si los topos se comían los billetes antes de que se los entregaran.

Explicó que esos animales estarían muy hambrientos, porque no les gusta comer lava ardiente, y eso es lo único que se consigue a miles de kilómetros de profundidad.

La señora Rosenda, famosa en el pueblo por sus empanadas, le dijo:

> —¡Yo sí me arriesgaré! No me dará miedo meterme en ese profundo y oscuro túnel...

—Me alegra, Rosenda. Es usted una mujer valiente y como yo, dispuesta a dar la vida por su pueblo.

Recuerde llevar consigo varias cajas de vendas, desinfectantes, vacunas, calmantes, una docena de agujas y por lo menos cinco carretes de hilo quirúrgico.

Rosenda preguntó, extrañada:

—¿Y eso para qué?

—Para las mordidas de los topos. Tienen unos dientes enormes, los pobres tendrán mucha hambre, y como las condiciones allá abajo no son muy higiénicas, las heridas se infectan; y hasta son frecuentes los casos de tétanos.

Además, señora, una epidemia de mal de rabia actualmente está afectando a los topos y es difícil distinguir en la oscuridad cuáles están echando espuma por la boca y cuáles no.

Rosenda no se atrevió a seguir adelante con tan arriesgada proposición:

—Pensándolo mejor, don Eutimio, me parece más segura, económica y conveniente para la comunidad, la fórmula de que anticipadamente le hagamos una sola y única transferencia bancaria, por el total del contrato, con el generoso descuento que usted nos ofrece.

Esa transferencia le sería enviada a la cuenta que usted tenga la bondad de indicarnos.

Después de arduos debates, el cabildo optó por ese medio de pago, porque era más seguro que estar tirando billetes por el hueco, y porque nadie quiso asumir la responsabilidad de bajar todos los días por el túnel para entregarle a Eutimio sus reales.

Ese mismo día la municipalidad transfirió $ 6.371.000,00 a una cuenta cifrada en Suiza de don Eutimio, libre de impuestos.

## Comienzan las obras

Una vez que verificó que la suma estaba disponible en su cuenta del exterior, el Huecólogo anunció el pronto inicio de la excavación, entre los discursos del alcalde y los aplausos del numeroso público.

Después de estudiar el terreno con una brújula, un bolígrafo, una linterna y una cinta métrica de sastre; de revisar cuidadosamente unos viejos planos de una mina abandonada, ubicada a unos 100 kilómetros del lugar; y de hacer varias calicatas o pruebas del suelo, Eutimio pintó con cal una gran X blanca frente a su casa y con un enorme taladro abrió un hueco de 1,50 metros de diámetro en la acera.

Al final del día, ya el hueco tenía unos 10 metros de profundidad.

Eutimio explicó a los curiosos:

—Los primeros metros son los que más me costará excavar, porque de ellos dependerá que el túnel salga por el lado correcto, en el otro extremo del planeta:

Una inclinación de milésimas de grado, podría hacerme salir en medio del Océano Pacífico, y morir ahogado; o tener la mala suerte de llegar justo debajo del Everest, lo que me obligaría excavar más de 7.000 metros hacia arriba, en la dura roca del interior de esa montaña, y solo para morir congelado apenas me asome a la cumbre. Además, el frío endurece la roca.

Una insignificante desviación podría llevarme, por ejemplo, al Pentágono o a Fort Knox, donde los americanos me dispararían, al confundirme con un terrorista que intenta volar sus instalaciones militares o con un ladrón que quiere robarles sus reservas de oro.

El profesor de Física del liceo, Euro Camacho le preguntó:

—Perdone, don Eutimio, no es que dude de su palabra, pero yo he leído que la temperatura aumenta con la profundidad. Eso es lo que llaman el *gradiente geotérmico;* por lo que cuando pase por el centro de la Tierra estará a más de 6.700 grados centígrados...

¿Cómo hará para no achicharrarse?

—Me alegra ver que en el pueblo existe una persona tan culta como usted, profesor Camacho... Con su gran inteligencia ha captado el enorme riesgo que estoy asumiendo para salvar al pueblo de los topos.

Es quizás la única persona que podría entenderme, sin necesidad de explicaciones.

Para que los demás me entiendan, trataré de exponerles de manera sencilla, casi primitiva, cómo haré para solucionar el grave problema térmico que usted acaba de señalar:

Al construir el túnel hacia abajo, iré empujando el aire hacia el fondo, comprimiéndolo cada vez más, pues iré cerrando con la misma tierra el túnel a mis espaldas para que no se escapen ni el aire ni los topos.

Periódicamente descomprimiré el aire. Como se sabe, el aire cuando se comprime se calienta, y se enfría cuando se descomprime. Al descomprimirlo, el sector donde esté en ese momento se enfriará. Así funciona una nevera común y corriente, o cualquier aparato de aire acondicionado.

No necesito enfriar todo el túnel, solo la parte del mismo donde me encuentre excavando en ese momento. Con ese sencillo sistema no solo enfrío el frente de trabajo, sino que también retengo el oxígeno necesario para poder respirar.

Usted comprenderá que no nos es posible, por su elevado costo, comprar una manguera de 12.742 kilómetros de largo para tener aire en todo el túnel. Además, para no perder el oxígeno, esa manguera tendría que aumentar de diámetro cada kilómetro de profundidad, de modo que al llegar a escasos 1.000 kilómetros, tendría que tener un diámetro de más de 5.583,50 metros, y no cabría en el túnel.

Lo bueno de mi sistema es que no consume ni un kilovatio de energía eléctrica.

El profesor Camacho, maravillado, exclamó ante las cámaras de televisión:

—¡Qué bárbaro, don Eutimio! ¡Usted es un genio! ¡Jamás había oído una explicación tan lógica y sencilla de algo tan profundo!

¿Cómo no se les ocurrió esa solución técnica a quienes construyeron el túnel del Gotardo que atravesó los Alpes o a quienes hicieron el *Chunnel*, que pasa por debajo del Canal de la Mancha e intercomunica a Inglaterra y Francia?

¿O a quienes en las grandes ciudades diariamente perforan túneles para los transportes subterráneos?

—Gracias, profesor. Sin embargo, quiero advertir al pueblo y al mundo en general, que, como iré cerrando el túnel a mis espaldas para mantener mi cápsula de aire acondicionado y para que no regresen al pueblo los topos, dentro de unos dos días no podrán verme ni oírme, hasta mi represo.

El alcalde preguntó:

—¿Y cómo haremos para comunicarnos con usted, don Eutimio, a fin saber cómo se encuentra y cómo van los trabajos?

—Tendrán que esperar que yo salga del otro lado del planeta. Ningún instrumento creado hasta ahora por el hombre tiene alcance para comunicarse a más de 1.000 kilómetros bajo tierra. Y aunque ello fuese posible, el magnetismo del centro de tierra causaría una enorme interferencia que impediría toda comunicación entre quienes estén en la superficie y mi modesta persona.

El siempre formalista licenciado Bohórquez, pidió a Eutimio que le aclarase:

—¿Y cómo justificamos ante la contraloría municipal el avance de las obras? ¡Las ordenanzas lo exigen!

—Nada podrán saber ustedes de mí, hasta dentro de un año, más o menos, dependiendo de las corrientes de lava ardiente que yo encuentre por el camino, tanto de bajada de aquí al centro de la Tierra, como de subida, de allí a Cataluña, pero la prueba indubitable de que mi plan ha resultado y de que estaré ejecutando mis compromisos de buena fe, es que desde que yo comience a ejecutar las obras, los topos no abrirán más huecos en nuestro amado pueblo.

Si eso es así, aunque yo muera en el intento, el esfuerzo de ustedes al financiar esta increíble obra de ingeniería subterránea, y el sacrificio de mi vida, habrán valido la pena.

La despedida al borde del túnel fue conmovedora. Hasta el adusto y serio jefe civil lloró de la emoción. Gioconda I, la bella reina de belleza, le dio un beso tan fuerte, largo y apretado, que muchos temieron que el héroe muriera por asfixia antes de cumplir su misión.

Rosenda calculó que Eutimio necesitaría comer por lo menos seis empanadas diarias para tener fuerzas, y estimó prudencialmente la duración de las obras en catorce meses; por lo que según sus cálculos debía tener una reserva de 2.550 empanadas, de carne, queso, pollo y caraotas; reserva que le entregó en un enorme saco que apenas cupo en el hueco.

Cuando Eutimio, entre los aplausos del público, inició su descenso al centro de la Tierra, por el boquete frente a su casa, la orquesta municipal entonó el himno nacional, mientras los efectivos del destacamento de policía presentaron armas; hicieron una descarga de fusilería que acabó con una bandada de pericos que pasaba por el lugar; e izaron la bandera.

## Desaparecen los topos

A partir de ese histórico día, dejaron de aparecer los huecos en los pisos, paredes y techos de las casas.

Tampoco volvieron a verse topos en el pueblo, aunque más adecuado habría sido afirmar que desde su fundación, jamás se vio topo alguno en toda la región.

En efecto, con excepción don Roberto Medina, quien vagamente había manifestado que creía haber leído, en un viejo libro que cayó en sus manos, el caso de una aldea en Cataluña, donde había acaecido algo similar por causa de unos topos, nadie, pero nadie, absolutamente nadie, ni él, ni doña Melita, ni Eutimio, ni ninguna otra persona del pueblo, había tenido el privilegio de ver siquiera uno de esos feos animales, aunque fuese en fotografías.

Para sacarle provecho al revuelo causado por la construcción en su pueblo "del túnel más grande del mundo", el alcalde contrató a sus parientes para que tapasen, con cargo al presupuesto del municipio, los numerosos huecos que antes habían hecho los topos.

No obstante, su majestad Gioconda I, se negó rotundamente a que le tapasen los huecos de su sala de baños, y más bien pidió que los agrandaran.

La hermosa reina confesó al cura que a veces sentía como si Eutimio la estuviese todavía mirando desde su ventana, que se metía en su alcoba y que hacía muchas cosas más, que el religioso no divulgó por tratarse de secretos de confesión.

Después de dos meses, el número de curiosos que se reunía todos los días para observar el hueco fue disminuyendo hasta quedar solo unos diez turistas, que se rotaban. A los 90 días de la fecha de inicio de la construcción de la magna obra, el contralor municipal hizo una inspección en el túnel, y constató que a unos 20 metros de profundidad el fondo estaba duro como una piedra.

Con lágrimas en los ojos, el alcalde opinó:

—Don Eutimio voluntariamente se privó de toda posibilidad de salir vivo alguna vez de ese túnel, cerrándolo herméticamente y para siempre, con la finalidad de que los topos no pudiesen regresar al pueblo que tanto amó.

El profesor Camacho explicó:

—Posiblemente el ingeniero Eutimio murió cuando intentó atravesar el núcleo de la Tierra.

¡Es un mártir!

A pesar de su ingenioso sistema de aire acondicionado, es imposible que haya sobrevivido al magma, con temperaturas que exceden de los 6.700° C y presiones millones de veces mayores que las de la superficie.

Gioconda I, lloró y gritó desconsoladamente:

—¡No, profesor Camacho! ¡Mi Eutimio está vivo! ¡Mi sensual pecho me lo dice! En ocasiones siento como si entra por los huecos del baño a mi habitación, que me acaricia. Oigo su anhelante respiración, siento sus besos y...

No pudo continuar porque los sollozos se lo impidieron. Al oír esas palabras, todos los hombres del pueblo miraron fijamente los protuberantes, firmes y bellos pechos de la joven, como si esperaran que les hablaran también a ellos.

Después de año y medio, Eutimio no había dado señales de vida y Rosenda estaba muy preocupada porque se había quedado corta al calcular el número de empanadas que necesitaría:

—Veo que me equivoqué, debía darle otro saco igual de empanadas, por si acaso, pero ¿qué culpa tengo de que el pobre haya muerto de hambre?

Yo no podía saber que el viaje duraría más de 14 meses: jamás he atravesado la Tierra de lado a lado.

## El gran mausoleo

En el segundo aniversario de su partida, el cura oficio un responso.

El alcalde aprovechó la ocasión para ordenar a su primo Facundo, un pintor de brocha gorda, a a quien denominó "el más famoso escultor de América", aunque jamás había esculpido algo, la construcción de un enorme y costoso mausoleo en honor del ingeniero que valientemente había ofrendado su vida para salvar al pueblo.

Facundo tuvo una idea genial para su diseño, el cual, desde luego, fue aprobado de inmediato por el cabildo:

—En vez de erigir un grupo escultórico en la superficie, como suelen hacerse para que todos lo vean, será un monumento subterráneo, hacia abajo:

Un túnel exactamente igual al hueco que Eutimio había abierto en la acera de su casa, y en el mismo lugar.

Para hacerlo lo más parecido al original, no utilizaré mármoles, concreto ni otros materiales, distintos al barro y a las piedras del mismo túnel.

No habrá necesidad de enterarlo, porque ya está enterrado.

Será un monumento totalmente natural, como lo habría querido don Eutimio, que en paz descanse.

La señora Melita Mellado, presidenta del Capítulo Topos y Topas en peligro de extinción de la Sociedad Protectora de Animales, preguntó al escultor:

—¿Y la estatua?

—¿Cuál estatua, doña Melita?

—¿Cuál va a ser? La del prócer: la imagen de don Eutimio. ¿O es que acaso la escultura será simplemente un hueco?

—¡Ha dado usted en el clavo, doña Melita! Cuando vean el hueco, digo mi escultura, todos se preguntarán: —*Y Eutimio, ¿dónde está?* Eso es exactamente lo que yo quería representar: el dolor del pueblo por la ausencia de su mártir.

—¿Y mis topitos, Facundo?

—¿Cuáles topitos, doña Melita?

—Los que los topos engendrarían cuando se reencontraran en Europa con sus amadas y anhelantes topas, al salir del otro lado del túnel...

—¡Ah, claro! Tiene usted razón. Ese es un detalle importantísimo. Desde luego que sus animalitos deberán estar también representados.

Modelaré en barro 16 topitos, los cuales enterraré a unos 1.000 metros de profundidad.

Claro, en mi presupuesto tendré que añadir el costo de esa excavación adicional.

El alcalde no esperó y aprobó de inmediato el ajuste del presupuesto, aunque el escultor no indicó monto alguno:

—¡Aprobado!

Doña Melita, sin embargo, se atrevió a expresar:

—Pero a esa gran profundidad nadie podrá ver los 16 topitos...

—Nuevamente da usted en el clavo, señora Mellado. Esa es la idea: que nadie jamás llegue a observarlos.

Los pobres topitos nunca llegaron a nacer, porque sus padres topos murieron con Eutimio, sin llegar a aparearse con sus madres topas; y, por tanto, tampoco podrán ser vistos.

—Tiene usted razón, Facundo.

¡Pensó en todo!

Un turista pregunto:

—¿No vino la famosa reina Gioconda I? Me gustaría tomarme una foto con ella ente al hueco...

Fue el cura quien le respondió:

—Gioconda I no aguantó más el dolor y se fue del pueblo hace unos meses...

El señor Carmelo la vio cerca del monumento, vistiendo una ajustada licra, y con un casco, una pala y una cantimplora. La tierra del hoyo estaba floja.

Antes de partir, había dicho que buscaría a Eutimio del otro lado del globo terráqueo, o en Marte, si fue que salió por allá, y que no regresaría hasta encontrarlo y traerlo vivo...

Hemos solicitado información a todos los consulados sobre el paradero de tan bella dama, pero ninguno ha respondido.

Pero puede sacarse una foto con doña Melita Mellado, mejor conocida como "La belleza excesiva", ella es una santa mujer de sólidos principios morales y...

El turista no lo dejó continuar:

—¡No, padre! ¡Gracias!

# El extraño mensaje de Gioconda I

A mediados del tercer año de ausencia de Eutimio, el cura del pueblo recibió un mensaje de Gioconda I:

*¡Misión exitosa, mis queridos súbditos! Regresaré pronto al pueblo, con mi héroe Eutimio y con un "Eutimito".*

*Encontré al Huecólogo en la Patagonia, a donde lo llevó un problemita de orientación, porque la oscuridad no le permitió ver la brújula.*

*Pueden tapar los huecos de la pared del baño de mi casa, porque me mudaré a la de él.*

*Eutimio manda a decir a Rosenda que sus empanadas estaban riquísimas, pero que no quiere ver ni una más; al alcalde, que no le siga pidiendo más dinero, porque antes de salir le depositó lo suyo donde convinieron; y al "escultor" Facundo, que le pague su 10%.*

# La esquina

# La esquina

## La vía alterna

Una mañana, absorto en mis problemas, caminaba por el centro de la ciudad, y tuve que desviarme hacia una de las pequeñas y angostas calles laterales, porque en la avenida principal estaban construyendo un moderno edificio y la vía había sido cerrada con una valla que rodeaba una enorme y profunda fosa.

La verdad es que el desvío me resultó placentero, pues hizo que dejara de lado las cosas en las que venía pensando.

El trabajo en la oficina se me había hecho pesado e insoportable. La única persona con la que podía hablar durante la jornada laboral era Pura, mi siempre eficiente, cariñosa y amable asistente.

Nunca había transitado por ese sector, a pesar de que estaba a muy pocas cuadras de la institución cultural en la que trabajaba.

Además, el recorrido podría hacerme olvidar las muchas angustias con las que desde muy temprano había partido de mi casa.

Siempre supuse que todas esas calles laterales eran iguales a las demás de la parte vieja de la ciudad, y que era preferible observar la "cara bonita" de la capital: las amplias aceras llenas de hombres y mujeres impecablemente vestidos, las grandes e iluminadas vidrieras de las tiendas, las limpias y ordenadas fachadas de los altos edificios, las plazas y jardines, los relucientes y costos automóviles, los cines con sus iluminadas marquesinas, los lujosos restaurantes y los cafés al aire libre...

Sin embargo, esa mañana lamenté haber tardado tantos años en descubrir la existencia de ese maravilloso y bello mundo paralelo al de la avenida, tan cerca de mi lugar de trabajo y totalmente distinto del que de ordinario solía ver.

La calle, aunque de trazado recto, tenía partes altas y bajas, era de una sola vía en dirección norte-sur, y estaba flanqueada por las fachadas multicolores de antiguas residencias venidas a menos, la mayoría de ellas actualmente destinadas a pensiones, y a casas de vecindad, cuyas puertas y ventanas abiertas invitaban al peatón a curiosear las vidas ajenas.

Al transitar por el frente de esas viviendas, por instantes pude captar y compartir fracciones de la intimidad de sus habitantes:

La alegría de unos niños jugando con una improvisada pelota de papel en los patios internos; una señora con una vieja máquina de coser a pedal, dando puntadas a un pequeño faldellín blanco, quizás para el bautizo de uno de sus nietos;

La amorosa despedida de una mujer a su esposo, que salía a buscar el diario sustento;

La tierna caricia de una niña a su mascota, antes de ir a la escuela;

El beso que un osado jovencito robó a una sorprendida y ruborizada adolescente, quien lo siguió con la mirada llena de incredulidad, deseo e ilusión, hasta que él se perdió en la maraña de la ciudad;

La tristeza y soledad de un anciano en una silla de ruedas; la violenta discusión entre dos vecinos por causa de algo que desapareció; los regaños de una madre a sus hijos, para que no llegaran tarde al colegio;

La mirada vacía de una viejecilla tratando de atisbar el mundo a través de las nubes de sus cataratas;

Y los vestigios de una pasión desenfrenada: unas sábanas y cobijas desordenadas, aún húmedas y calientes, sobre sucios y rotos colchones...

Todo ello acompañado por la extraña música de las canciones, groserías, voces y gritos de los habitantes, de los locutores y de los personajes de los noticieros, de los ladridos de los canes y de las ruidosas bocinas y resonadores de los vehículos que a duras penas lograban transitar por esa vía.

Mi objetivo inicial había sido rodear la manzana para retomar la avenida principal; pero fascinado por esa súbita e inesperada explosión de vida urbana, en lugar de cruzar en la primera bocacalle a la izquierda, continué recto hacia abajo, hacia el sur, y llegué hasta la otra esquina.

Nunca imaginé que ese pequeño desvío cambiaría radicalmente mi vida.

## La temblorosa jota

¡Entonces, la vi!

Era una ancianita delgada, casi esquelética, mínima, con unos pocos cabellos blancos flotando sobre su cabeza y unos ojos de color azul pastel que transmitían una extraña sensación de paz. Usaba unos pequeños lentes esféricos y lucía un sencillo traje rosado con discretos faralaos blancos en las mangas y en el cuello.

La señora estaba parada justo en el medio de la acera del cruce de la calle por la cual yo bajaba, con la calle perpendicular que subía en dirección oeste de la misma manzana.

La anciana permanecía totalmente abstraída, en éxtasis, indiferente al pesado y ruidoso tráfico de la zona y a la cantidad de peatones que por allí circulaban.

Tenía la cabeza elevada en unos 70 grados, como si estuviera conversando con el bombillo de la farola que en las noches iluminaba esa esquina. Solo un breve temblor de sus labios indicaba que aún estaba viva.

Pensé que le había sucedido algo que la había dejado paralizada, trémula, en esa esquina; o que quizás sentía pavor de cruzar la peligrosa calle para proseguir su camino.

Me acerqué y le pregunté:

—¿Me permite ayudarla, señora?

No me respondió. Volví a preguntarle:

—¿Está usted bien? Puedo auxiliarla, si quiere.

Un enorme y ruidoso autobús cargado de pasajeros, para cruzar la esquina se montó sobre parte de la acera y pasó tan cerca de la señora y de mí, que me habría tumbado de no haberme agarrado a la reja de una ventana vecina.

El conductor y los pasajeros nos insultaron; pero la viejecilla ni se movió. Luego pasó una escandalosa moto que casi nos atropelló.

No me di por vencido e insistí en ayudarla:

—Venga conmigo, doñita. La llevaré a un lugar seguro.

Aquí, podrían arrollarla.

Por fin me miró y lo hizo con una sonrisa y una mirada tan dulce, que no supe qué decirle.

Entonces me habló por primera vez:

—Perdone, ¿me hablaba? Estaba rezando. ¿Usted también lo sintió, joven?

—¿Qué cosa, señora? ¿El autobús? ¿La moto?

—¿Cuál autobús? No vi ninguno.

¿Pasó una moto?

¡Te pregunté si sentiste el impacto de una enorme paz y alegría, hijo!

—¿Es que puede haber alguna paz o alegría en esta congestionada esquina? ¡De haberlas, no durarán mucho!

Si quiere, puedo llevarla para que las sienta en un lugar más apropiado. Allá veo una capillita, donde podrá seguir rezando, alegre y tranquila. ¿Quiere que la acompañe? Me llamo Francisco.

Me miró como la maestra que sorprende a uno de sus alumnos diciendo una mentira:

—Te llamas Francisco José. Mi nombre es Natividad, pero puedes decirme Natty.

—¿Cómo sabe mi nombre? ¿Me conocía usted señora Natty? Disculpe, no recuerdo haberla visto antes.

—Estaba esperándote.

—Perdone, pero no le entiendo.

Estoy en esta esquina por mera casualidad, iba a mi trabajo y me desvié de la avenida solo porque trancaron la vía...

No conozco a nadie en este lugar.

Debe estar esperando a otra persona.

—Tu nombre es Francisco José Salgado Centeno; el de tu esposa es Rosalía y ambos son padres de un travieso y bello niño llamado Julio.

—No sé cómo adivinó todo eso, señora, pero...

—Si te quedas un rato conmigo en esta esquina, entenderás lo que estoy diciéndote.

—¿No podría explicármelo unos metros más allá? ¡Aquí estorbamos a los peatones y corremos mucho peligro!

—Tengo años viviendo en este barrio y nada malo me ha acontecido; todo lo contrario, más feliz no he podido haber estado.

—Me encantaría quedarme para acompañarla, señora, pero si no llego pronto a mi trabajo, me despedirán, y ahora más que nunca necesito ese empleo.

—¡Pero si ya te despidieron, hijo! ¿Qué sentido tiene apurarte para recibir esa mala noticia?

—¿Y cómo sabe usted que me despidieron? ¿Quién se lo dijo?

—Tu puesto se lo dieron a Roger Alarcón, el novio de Pura, tu asistente.

—¿A ese bandido? ¿Lo conoce usted?

—No. Jamás lo he visto.

Casi hablando para mis adentros, expresé:

—Sospechaba que algún día me despedirían, pero no pensé que fuera tan pronto, y menos que sería ese muérgano, Roger, quien me sucedería en el cargo.

¿Qué le diré a Rosalía, mi esposa? La pobre está muy enferma y triste. Su tratamiento es costoso... Mi despido agravará aún más nuestros problemas. No sé qué decirle.

—¿Qué le dirás a tu esposa? ¡Pues la verdad! Siempre hay que decir la verdad, Francisco José: dile que acabas de conseguir un empleo más interesante.

—¡Eso no es cierto! No hay muchas oportunidades de trabajo para un arqueólogo como yo, aunque sea políglota.

Tendré que emigrar. Irme a Egipto, Grecia, Iraq, Guatemala, México o a Perú.

En este país no hay sitios donde pueda hacer un descubrimiento importante.

Hasta ahora lo que he encontrado son vasijas de barro, iguales a las que todavía se venden en las carreteras, pero rotas; y algunos idolillos.

—No seas pesimista. No tienes que viajar a Egipto ni a otros países para trabajar, hijo. Justo debajo de tus zapatos está el sitio arqueológico más importante de la Historia. Podrías hacer una excavación en esta misma acera.

—¿Qué podría encontrar yo en esta ciudad? ¿Más botijas rotas de barro? ¿Algunos idolillos de arcilla como los que hay por centenares en los museos? No, señora.

Creo que equivoqué mi profesión. Debí estudiar ingeniería, medicina, derecho, letras u otra carrera, con mayores posibilidades.

Para los directivos y visitantes de los museos, dejamos de existir hace miles o cientos de años. Pocos saben que existimos. Estamos destinados a acumular polvo, al igual que las viejas piezas de barro que recogemos y guardamos en las vitrinas.

—No puedo responderte esa pregunta, hijo, pues soy una simple ama de casa. Rezar, cocinar, barrer y dar comida a mi lorito, son las pocas cosas que hago más o menos bien.

Eres tú mismo quien debe contestarte la pregunta sobre lo que puedes encontrar en esta ciudad. Pero el pesimismo ha puesto un velo en tu mente.

Te noto triste, decepcionado, desencantado, afligido... y te entiendo. Por eso te esperé aquí. Aprovecha que te despidieron;

ahora tienes tiempo de sobra para orar. ¡Arrodillémonos y recemos juntos!

—¿Arrodillarnos en esta esquina? Pensarán que estamos locos, señora. Nos llevarán al manicomio.

—Respóndeme esta pregunta, hijo: ¿Cuánto tiempo llevamos conversando, parados en esta esquina?

—No sé, un cuarto de hora, más o menos.

—¿Estás angustiado?

—Sí, claro. Usted misma lo notó. Acaba de decírmelo. Estoy angustiado, desencantado, amargado.

La vida se me ha hecho muy dura en los últimos años.

¿Cómo no voy a estar preocupado? Tengo problemas muy graves. Y ahora más, porque según usted, me despidieron.

La viejecilla no me contestó. Simplemente me ordenó, como si fuese una maestra dirigiéndose a un niño en el prescolar:

—¡Párate sobre esa "jota temblorosa" que forman las grietas de la acera!

La vieja acera tenía tantas grietas, que no solo la jota, sino todas las letras del alfabeto podían formarse con ellas, y no sabía a cuál se refería la anciana. Sin embargo, seguí la dirección que marcaba su huesudo dedo, y me paré donde señalaba.

—¡Ahora no luces muy preocupado por tu situación ni por ese despido, Francisco José!

—¡Es verdad! Debiera estar más preocupado; pero quizás es un efecto psicológico: lo que tanto temía, ya pasó. Y ahora, por fin, me siento liberado de ese temor.

No había terminado de decir esas palabras cuando un niño pasó sobre la acera en bicicleta y me dio con la rueda un golpe en la rodilla, que casi me hizo caer.

Como si eso fuera poco, una mujer, furiosa porque Natividad y yo le obstruíamos el paso, me pisó intencionalmente el pie. Pero la viejecilla, imperturbable, continuó con su interrogatorio:

—¿Y cómo te sientes ahora, en este mismo momento, Francisco José?

Medité unos segundos, y no pude creer lo que yo mismo le respondí, con absoluta seguridad:

—¡En este instante, doñita, no sé por qué, me siento alegre, muy alegre, increíblemente alegre, como jamás antes llegué a sentirme en toda mi vida...!

Acaban de pasar por mi mente, en nanosegundos, las imágenes de todos los momentos felices de mi vida; ¡y ni uno que no lo fuera!

Ajenos a nuestra conversación, los peatones seguían empujándonos e insultándonos con palabras y gestos soeces, pero Natividad los miraba de una manera tan dulce y cariñosa, que muchos de ellos nos pidieron excusas y gentilmente se bajaron de la acera para que siguiéremos charlando.

—Te entiendo, hijo: igual de alegre me siento yo cada vez que vengo a este lugar.

—Pero, ¿por qué, señora Natty? ¿Qué tiene de particular esta esquina? Es como cualquier otra del centro de la ciudad. Yo diría que hasta está más sucia.

—En este pedazo de acera que estamos pisando, se siente la alegría más intensamente que en otras partes.

Lo descubrí hace unos meses cuando pasé por aquí.

—¿Cuál es la causa? ¿Existe alguna explicación lógica?

—Hay muchas cosas que nos suceden a diario, hijo, y que no entendemos, pero no podemos negar que existan. Yo, por ejemplo, soy fanática de las telenovelas; y, sin embargo, por más que trato, no entiendo cómo las emisoras pueden lanzar millones de imágenes al aire, y que, sin mezclarse, esas imágenes entren por unos palitos que llaman "antenas" a mi televisor, y aparezcan completicas en mi pantalla, incluso a color, y hasta moviéndose pecaminosamente, con voces y todo. Y que esas fotos viajeras no se confundan con las de mis vecinos.

¡Eso tiene que ser cosa del diablo, de brujos!

¡Dios no va a estar lanzando imágenes de mujeres semidesnudas a la pantalla de mi televisor!

—Soy un científico, doñita. Y no entiendo por qué aquí y solo en este reducido espacio, se produce ese extraño fenómeno.

—Quizás las alegrías viajan por el aire como las imágenes de la televisión, y esta acera es una antena que las recoge para que podamos verlas.

No sé cómo funciona eso, pero, así como mi viejo televisor tiene alguien o algo adentro que recoge y comprime en unos palitos las imágenes, y después las ensancha para enseñármelas y hacerlas mover, supongo que dentro de esta acera también hay alguien o algo que recoge las alegrías para transmitírnoslas.

—Además de eso, no entiendo muchas cosas, doña Natty:

¿Cómo supo usted que yo vendría? ¿Cómo adivinó mi nombre, y los de mi mujer y mi hijo? ¿Quién le informó que me habían botado del trabajo?

—Muy sencillo: todo eso me lo dijo esta misma acera.

—Esta acera es un objeto material, es de concreto, no es un ser humano, no habla. Es imposible que le haya informado todo eso.

—Mi televisor tampoco es un ser humano y canta, baila y habla como mi loro. Me mantiene informada sobre todo lo que pasa, como cualquiera de mis vecinas chismosas. ¿Cuál es la diferencia entre una acera de concreto y mi viejo aparato de plástico?

Desconcertado, porque no pude responderle su pregunta, opté por la retirada:

—Disculpe, señora Natty. Tengo que ir a mi oficina. Pura, mi asistente debe estar angustiada creyendo que me ocurrió un accidente: jamás he llegado tarde a mi trabajo y ese museo no puede funcionar si no estoy allí para indicar lo que hay que hacer e impartir las órdenes pertinentes.

La viejecilla movió resignadamente la cabeza de un lado a otro, como señalando que yo no tenía remedio.

—Hasta mañana, Francisco José. ¡Cuídate! Te esperaré en este mismo lugar y hora. Trae a Rosalía y al pequeño Julio. La acera quiere verlos.

—¿Para qué quiere vernos?

—No sé, ¡pregúntaselo a ella!

## En el museo

Me retiré del lugar y apenas había caminado unos pasos cuando una gran desazón y una terrible angustia volvieron a apoderarse de mí. Sin embargo, bastaba con retroceder y pararme de nuevo sobre la jota, para sentirme en un increíble estado de inefable e inconmensurable alegría.

No me cupo duda de que en ese lugar había algo que producía felicidad, en una medida increíblemente superior a la que solíamos sentir los seres humanos.

Muy a mi pesar me alejé del sitio, y nuevamente amargado y preocupado, reanudé mi caminata hacia las oficinas del museo donde en los últimos cinco años había trabajado como encargado del departamento de arqueología.

Volví la cabeza para ver si la señora Natividad estaba todavía rezando en el mismo lugar; pero ya se había ido. Probablemente vivía cerca.

Temí no volver a verla.

Por el camino me preguntaba si en realidad había conversado con esa viejecilla. Todo era muy extraño.

*¿Cómo pudo ella saber mis nombres y apellidos? ¿Sería verdad que me despidieron y que en mi*

lugar designaron al infame Roger Alarcón? ¿Quién le habría informado lo de mi despido? Y, ¿cómo pudo coordinar todo para que mi paso por ese lugar, por el que nunca antes había transitado, coincidiera con precisión de segundos con su presencia en la acera? ¿Con qué fin habría programado la viejecita nuestro encuentro?

Cuando llegué al museo y entré a mi despacho, la señorita Pura, mi asistente, me recibió con una fría mirada, entre irónica y despectiva; lo cual me extrañó, porque solía ser muy dulce y amable:

—Buenos días, señor. ¿Podría decirme quién es usted y a dónde se dirige?

—¡Pura! ¿No me conoces? Soy el señor Salgado, tu jefe. ¡En este mismo lugar celebramos ayer tu cumpleaños, con todo el personal!

—¡Ah sí! Ahora me parece recordarlo vagamente: creo que usted es un "cara común" que trabajó aquí hace algún tiempo: mi exjefe.

—¿Tu "exjefe"?

—Sí. Ayer, el director general designó para sucederlo a... ¿cómo es que se llama? ¡Ah, sí!: a un señor como usted, pero muy decente y bien parecido, de apellido Alarcón.

—¿Tampoco recuerdas el nombre de Roger, tu novio?

—Eso es un asunto personal entre el señor Alarcón y yo, señor Salgado.

Le prohíbo inmiscuirse en mis asuntos privados o lo demandaré por acoso sexual.

—¿Acoso sexual? Si jamás me he propasado. Soy un hombre casado, fiel a mi esposa, nunca me pasó por la mente una relación extramatrimonial y menos contigo.

—La indiferencia es la peor forma de acoso sexual, señor Salgado, porque represa los sentimientos y deseos frustrados de una virginal mujer, y los hace explotar peligrosamente en el momento menos pensado.

Es vejarnos, tratarnos como si no fuésemos seres humanos, llenos de sentimientos, órganos de reproducción y de pasiones, sino como unas cosas insensibles e inservibles.

¡No estoy dispuesta a morir virgen, como mi abuelita que se fue de este mundo enamorada de su indiferente jefe!

—¿Tu abuelita murió virgen?

—¿Está usted, miserable, poniendo en duda la virginidad y honorabilidad de mi santa abuelita?

—No, simplemente me llamó la atención. No es frecuente encontrar abuelitas vírgenes. Lo que quiero decirte es que nunca noté esa desbordada pasión que sentías por mí.

—Nunca hizo el más mínimo esfuerzo por notarla, y menos para disfrutarla. El tótem que está en la entrada del museo tiene más pasión y corazón que usted. ¿Sabe cuál fue mi sueño más feliz?

—No. ¿Cómo voy a saberlo? Nunca he dormido contigo ni me lo has contado...

—Precisamente. Soñé que usted y yo íbamos juntos, solos y sin ropas, en una nave espacial, hacia un lejano planeta, y que usted durante todo el trayecto trató de hablar conmigo.

En ese delicioso sueño, lo castigué con el látigo de mi total indiferencia: lo ignoré totalmente durante los años que duró ese largo viaje. ¡No se imagina como gocé esa travesía!

Mi psiquiatra me explico después que ese sueño había sido la venganza de mi subconsciente, ¡una lógica y justificada reacción al hecho que usted me había ignorado sexualmente durante tantos años!

—No tengo tiempo para hablar de tus frustraciones sexuales, Pura.

Siempre creí que llevabas una vida feliz y normal.

¿Podrías hacerme el favor de decirle al señor Eusebio Meléndez que estoy aquí? Creo que él, como director general, me debe una explicación sobre las causas de mi despido.

—Lo siento, señor Salgado. Anoche, Roger, digo, el señor Alarcón, me ordenó que no le permitiera entrar ni acercarse a las oficinas de la dirección, y en especial a las del señor Meléndez. Le ruego abandonar el lugar de inmediato o me veré en la forzosa necesidad de llamar a seguridad.

—Pura, solo quiero que me digan por qué me despidieron. Las leyes me otorgan ese derecho.

—Se lo informaré yo: en 5 años de trabajo arqueológico, señor Salgado, sus hallazgos se redujeron a 32 objetos, en su mayor parte pedazos de vasijas de arcilla de no más de 20 años de antigüedad, uno de ellos con la inscripción "Recuerdo de Boconó, estado Trujillo", y otro que tiene un moderno código de barras. ¿Contento?

—¡Sabes que eso no es verdad, Pura! Tu misma recibiste, inventariaste y clasificaste, más de 1.000 piezas precolombinas que traje de diferentes regiones del país.

—No las recuerdo. ¿Podría saber dónde las guardó usted?

—¡Tú las guardaste, Pura! ¡Esa era parte de tu trabajo! ¡Prácticamente lo único que hacías, además de hablar con Roger por teléfono!

—No recuerdo que entre mis obligaciones y responsabilidades estuviesen las de guardar la maloliente basura que usted traía a este despacho, para tratar de justificar su sueldo.

—No me extraña que las hayas olvidado... si ahora ni siquiera recuerdas mi nombre, ni el de tu novio.

—Le he prohibido, señor Salgado, inmiscuirse en mi vida privada. Llamaré a seguridad.

—¡Un momento, Rosa: ¿Y mis prestaciones?

—¡No me tutee! Por lo que respecta al pago de sus prestaciones, señor Salgado, se le estima pasar dentro de 30 días hábiles por la administración, para que se las liquiden y se las paguen; y eso, en el evento, poco probable, de que exista algún pequeño saldo a su favor, ya que la Consultoría Jurídica está estudiando su caso, para ejercer las acciones civiles y penales que fueren procedentes, por la ilegal sustracción y comercialización de material arqueológico propiedad del museo...

Además, hoy comenzaron las vacaciones del personal.

—¡30 días hábiles para pagarme! ¿Y con qué comerá mi familia mientras tanto? ¿Me botan de mi trabajo sin preaviso alguno y ni siquiera me pagan mis prestaciones sociales?

Jamás me he llevado pieza arqueológica alguna de este museo, ni menos aún, las he comercializado.

Si alguien es capaz de eso, es tu novio, Rosa. ¿Recuerdas que en una oportunidad sorprendimos a Roger llevándose unos idolillos de barro y unos dólares de la caja fuerte? No lo denuncié en la policía, porque me rogaste que no lo hiciera.

—Ya le dije, señor, que la institución está cerrada al público por vacaciones. A diferencia de usted, el señor Alarcón es incapaz de robarse un céntimo.

Por algo el director general lo nombró como nuevo encargado del departamento de arqueología.

Los empleados del departamento de administración regresarán dentro de 30 días hábiles. ¡Váyase y no vuelva hasta entonces!

La asombrosa transformación de mi amable asistente en esa fiera me dejó paralizado.

Pura aprovechó esa momentánea paralización y no me dio tiempo de reaccionar: se desacomodó el cabello, se regó la pintura de labios por toda la cara, se abrió la blusa, dejando a la vista un níveo seno, que jamás en su vida había sido tocado por un rayito de sol, y gritó desaforadamente:

—¡Auxilio! ¡Seguridad! ¡Seguridad! ¡Socorro! ¡Este hombre intentó violarme y quiere robarse la colección de máscaras del museo! ¡No dejen que me asesine!

Dos vigilantes a quienes yo antes nunca había visto, me sacaron a empujones y a golpes de las instalaciones de la institución que había dirigido durante años.

## Mi defensora

Desolado, sin saber qué hacer, sangrando por un golpe que recibí en el labio, traté de regresar a mi casa, pero la misma construcción en la avenida principal que horas antes me había obligado a tomar el desvío, me forzó a tomar una de las viejas calles laterales.

De pronto, me encontré en la esquina donde a primeras horas de la mañana había visto a doña Natividad.

Traté de pararme en el mismo sitio de la acera donde las grietas del concreto formaban una "jota temblorosa", pero ahora veía innumerables letras en el fracturado concreto, ninguna de las cuales se parecía a la jota que la viejecilla me había señalado cuando la vi.

Estuve tratando de localizar el sitio exacto, golpeando con el tacón y parándome sobre cuanta grieta o rendija veía.

Un policía que me vio de lejos, se acercó:

—Soy el agente Robert García. ¿Puede decirme qué hace aquí, señor? Lleva 10 minutos brincando y bailando un jarabe zapateado en esta esquina.

No supe qué responderle.

El agente me dijo:

—¿No sabe o no lo quiere revelar? Su actitud es muy sospechosa, señor. ¡Acompáñeme a la comisaría!

Por fin, pude responderle:

—Soy profesor y encargado del departamento de arqueología del museo que está unas cuadras más allá, en la avenida principal. ¡Aquí tiene mi tarjeta!

—Conozco al guardia que cuida ese edificio. Lo llamaré para verificar su información, ¿cómo se llama usted?

—Puede verlo en la tarjeta: Francisco José Salgado Centeno.

El agente llamó por el teléfono a su amigo...

—Manuel, soy el agente Roberto García, ¿cómo estás? ¿Y tu mujer? ¿Se le pasó el catarro? ¿Y tu novia? No esa no, la otra, la que tiene las orejas como una parabólica... ¿Estás saliendo con su hermana?

¿Y qué sabes de la vida de Nicanor? Nicanor, vale, el de la camioneta Chevrolet azul... ¿Se murió? ¿Cuándo? ¡No me digas...! La última vez le gané la partida de dominó... ¿Y qué hicieron con la camioneta?...

¿No sabes dónde puedo encontrar un múltiple usado para mi patrulla? Si lo consigues, se lo vendemos como nuevo al departamento y partimos las ganancias, pero tendremos que darle algo al contralor.

Oí la voz de Manuel invitando a Roberto a tomarse unas cervecitas en el bar de la otra calle.

—No, pana, en este momento no puedo ir a tomar cerveza contigo.

Estoy muy ocupado: sorprendí a un sospechoso en la esquina de la 2ª calle sur, la que empalma con la subida de la oeste.

Es bastante raro: estaba dándole patadas a la acera, con unos brinquitos como de ballet...

Roberto continuó:

—No le caí a "rolazos" porque está bien vestido y usa corbata.

El capitán nos enseñó que antes de golpear a uno de esos, hay que averiguar primero...

El hombre afirma que es el encargado del departamento de arqueología del museo.

Dice llamarse Francisco José Salgado Centeno y actúa de manera muy sospechosa...

No pude oír lo que el otro le contestó. Esperamos varios minutos la respuesta de Manuel, mientras el guardia sin quitarme la vista de encima, se cortaba las uñas.

El intercomunicador se activó de nuevo. El agente Roberto se apartó unos metros de mí para recibir la información que había solicitado.

Al oírla, rápidamente sacó su arma de reglamento, la amarilló y me apuntó con ella, mientras me ordenaba:

—¡De la vuelta y ponga las manos en alto, mientras lo reviso!

Mi amigo Manuel se comunicó con Pura, la asistente de la dirección de arqueología del museo y ella le dijo que el director se llama Roger Alarcón; que usted es un vulgar e insensible ladrón que hace poco trató de entrar para violarla y robarse unas valiosas piezas, y que no es la primera vez que lo hace.

La asistente nos aconsejó que lo arrestáramos y castráramos porque usted es un hombre muy peligroso...

—¿Yo, peligroso? Jamás he estado preso ni portado arma alguna...

—¡Péguese contra la pared y con las manos arriba, detrás de la nuca, mientras le coloco las esposas!

Al observar el procedimiento policial, un gentío comenzó a arremolinarse en la esquina.

Los conductores de los vehículos se bajaron con cabillas y palos para apoyar a la autoridad.

Una señora gritó:

—¡Seguro que ese es el bandido que le quitó la cartera a mi amiga Esmeralda! Ella dijo que estaba bien vestido y que se peinaba como Asdrúbal.

El guardia le preguntó, para añadir el dato identificador al reporte que pasaría a su jefe:

—¿Quién es Asdrúbal?

—El novio de Paquita, la que violaron en el litoral y que viene a visitar a su tía Ramona cada 15 días.

El grupo de curiosos aumentaba progresivamente.

De las casas y pensiones, como hormigas, salían ríos de agresivos residentes, aparentemente amigos de la tal Esmeralda, que se unían al coro de los que antes se habían bajado de los autobuses y camiones atascados en la vía; y que ahora gritaban:

—¡Linchemos al violador de Paquita!

—¡Que le devuelva su cartera a Esmeralda!

—¡Muerte al atracador!

—¡Colguémoslo!

—¡Sí, pero que antes sea la misma Paquita quien se encargue de que no pueda violar a ninguna otra chica!

Otros pedían que me quemaran vivo o que me ahogaran en el tanque de ácido de una industria química de la parte alta del barrio.

El guardia tuvo que disparar varias veces al aire, para contener a la multitud que quería lincharme.

Se regó la falsa noticia de que en el centro de la ciudad estaban atracando a un banco y que había "una situación de rehenes"; lo que hizo aparecer de inmediato a decenas de agentes de otros servicios de seguridad y a los reporteros y fotógrafos de un diario cercano.

A los pocos minutos llegaron también los profesionales y técnicos de los canales de televisión, con sus cámaras, luces, plantas eléctricas y antenas satelitales, y comenzaron a transmitir los hechos "en vivo y en directo".

No sé cómo hizo para llegar tan rápido, y tan oportunamente, pero a mi lado apareció doña Natty, quien con su encantadora y musical vocecita se dirigió a los presentes:

> —Calma, calma, amigos... ¿Están locos? ¿Cómo tratan así al hombre que puede hacerlos felices? ¡El señor Salgado es un conocido arqueólogo que ha descubierto algo sorprendente en esta esquina que nos beneficiará a todos!

La curiosidad sustituyó de inmediato la ira popular:

—¿Un descubrimiento? ¿En esta esquina?

—¿Por qué en esta esquina y no en otra, como la mía?

—¿Qué cosa es? ¿Se come?

—¿Está todavía allí?

—¿Es un tesoro?

—¿Cuánto tiempo llevaba "eso" oculto en la esquina?

—¿Lo trajeron los alemanes que se escaparon en la segunda guerra mundial?

—¿Cómo sabremos que no es un truco del violador de Paquita para escaparse?

—¿Podremos ver el descubrimiento sin pagar?

El policía conocía a doña Natty y al oírla, bajó el arma, la guardó en su cartuchera, y me dijo, apenado:

—Perdone, profesor Salgado.

¿Por qué no me dijo que por orden de la superioridad estaba realizando un importante trabajo secreto de arqueología en esa esquina?

Natividad continuó:

—¡Colóquense en fila india!

El profesor Salgado les permitirá disfrutar, solo durante unos segundos a cada uno, porque ustedes son muchos, el momento más grande de alegría que hayan sentido en sus vidas.

El primero que tendrá ese privilegio será el agente Roberto García, quien después se encargará de mantener el orden en la fila.

La ancianita se dirigió a mí, y me dijo:

—Ven, Francisco José. Indícales dónde exactamente deben pararse para sentir la enorme alegría de esta esquina.

Aterrado porque todo ese escándalo se había formado precisamente por no haber podido yo localizar el punto exacto de la alegría, señalé al azar una de las rendijas de la acera que me pareció que tenía forma de "jota temblorosa".

El guardia se paró en el sitio que le indiqué. Entonces su adusto rostro se transformó con una gran sonrisa de felicidad y alegría; y gritó:

—¡Es verdad! ¡Es verdad! Soy feliz, infinitamente feliz.

Quiero vivir todo el resto de mi vida parado en esta esquina. ¡Este profesor es no solo es un genio, sino también un santo...!

Una señora mayor se me acercó y exclamó:

—¿Eres un santo? ¡Entonces tienes que darme una reliquia tuya...!

No tuve tiempo de impedirlo, la señora sacó unas grandes tijeras de su cartera y me cortó la corbata en varios trozos que guardó y organizó dentro de su bolso como si fueran billetes de $ 100.

Otra señora, que la observó, sacó una filosa navaja en la mano y le dijo:

—¡No vas a ser más viva que yo, Ernestina! Ni sueñes con quedarte con su camisa. ¡Esa es mía! La cortaré en pedacitos del tamaño de los boletos del metro, que venderé a quienes están de último en la cola, ya que la tela de las reliquias del santo no alcanzará para todos.

De pronto toda multitud quiso tener también trozos de mis ropas y un enjambre de hombres y de mujeres, incluidas unas monjas, cayó sobre mí, e hizo trizas mi paltó, mi camisa, mis pantalones, mis medidas y hasta parte de mis interiores.

El policía Roberto me rescató de la turba de amantes de mis reliquias y, revólver en mano, mantuvo durante cierto tiempo el orden en la fila.

Doña Natty le ordenó:

—No dejes que nadie se colee, Roberto.

Como todos esperaban que fuera yo quien les indicase el sitio exacto del fenómeno, y tenía que estar ahí para señalarlo, se me ocurrió la fantástica idea de preguntar en alta voz:

—¿Alguna de las damas presentes tiene una barra de pintura de labios con la cual pueda marcar el sitio donde deben pararse?

Fue la dama más cercana, la misma Natividad, quien sacó un lápiz labial de su pequeño bolso, y me lo dio.

Marqué los bordes de la rendija en forma de "jota temblorosa" con la roja pintura.

Todos los presentes, más muchos otros que después llegaron, comenzaron a desfilar por la esquina. Los que pasaban por el sitio, juraban que había sido el momento más feliz y alegre de toda su vida.

Habrían pasado por la jota tan solo unas 100 personas, cuando Natividad me reclamó:

—¡Fuiste al museo! ¿Verdad? ¡No creíste en mí!

—Sí. Usted tenía razón, doña Natty. Debí confiar en sus palabras.

Me habría evitado un mal rato.

Me despidieron. No debí ir allá, pero no tenía más remedio que hacerlo. Necesito que me den el dinero de mis prestaciones para comprar los remedios para mi esposa.

—No te preocupes por eso. La acera te mandó a decir que no vuelvas al museo hasta que ella te lo indique.

—¿Mi nueva jefa es una acera?

—No, Francisco José, tu nueva jefa está debajo de esa acera¡ ¡Aprovecha y escabúllete! No pierdas tiempo. ¡Rápido, hijo! Si no huyes ahora, te van a descuartizar: ya no tienes más ropas que puedan servir de reliquias a tus devotos; y tienes en cambio muchas otras cosas valiosas expuestas a la vista...

Antes de huir, tuve tiempo para preguntarle:

—Gracias por todo, doña Natty, pero ¿cómo hago para verla a usted de nuevo?

—Muy fácil, hijo: vivo en la casita "amarilla pollito", con ventanas y puertas blancas, que está justo en esa esquina. Entra por el zaguán y tocas el timbre. Ven mañana con Rosalía y tu hijo, pero entra disfrazado, no sea que tus devotos te reconozcan.

Como todos estaban interesados en pasar por la jota, me fue relativamente fácil escaparme. Sin embargo, tuve que caminar media ciudad va para regresar a mi casa, porque el servicio de transporte colapsó ese día, pues los conductores también estaban haciendo fila para pasar sobre la marca que yo había dejado en esa esquina.

## En mi hogar

Cuando por fin llegué a mi casa, hambriento, exhausto y aterido por el frío decembrino, Rosalía, mi esposa, estaba tan concentrada viendo las noticias del día en la televisión, que ni me miró.

—Hola, mi amor. No sabes de lo que te has perdido:

Intentaron linchar a un violador y a un ladrón en una esquina del centro de la ciudad, pero lamentablemente el hombre se esfumó misteriosamente, y en su lugar apareció un santo.

Sin prestarme atención alguna, Rosalía continuó:

—Hay una enorme congestión de vehículos.

El santo pintó una jota en la acera y quienes se pararon sobre esa letra, disfrutaron por unos momentos de un éxtasis.

Millares de personas acudieron para pararse en ese lugar, pero eran tantas que la jota después se borró y ninguno pudo encontrar de nuevo la letra que el santo había pintado.

El santo se esfumó.

Los devotos están regados por todas partes, buscándolo para que la pinte de nuevo. Algunos acusan al santo de mezquino porque debió dibujar millones de jotas, para que cada uno de los habitantes tuviese su propia letra y pudiera quedarse sobre ella cuanto quisiese.

Tosí fuertemente para que Rosalía me diera la oportunidad de explicarle lo que había pasado, después de todo nadie mejor que yo podría decírselo.

Sin embargo, ella continuó su perorata:

—En la televisión publicaron una foto del santo, pero no tiene cara de beato, sino de payaso y es bien feo: tiene una nariz como la tuya.

Hay médicos que creen que quienes sintieron ese éxtasis estaban drogados.

Unos psicólogos opinan que se trata de un orgasmo espiritual; otros opinan que es un fenómeno de hipnosis colectiva; y no falta quien diga que es un anuncio del fin del mundo.

¿Qué opinas tú? ¿Lo viste? ¿Crees que ese señor es en realidad un santo?

¿No será un político? Son expertos en mentir.

—Santo no es, Rosalía. ¡Te lo garantizo!

Pero tampoco es político.

—¿Cómo puedes estar tan seguro, Francisco José? Muchos de los presentes afirman que olía a rosas y que hizo milagros.

—¡Porque ese hombre soy yo! Y no huelo a rosas, sino a flores de lavanda, gracias al agua de colonia para hombres que uso todos los días.

El único milagro que he hecho es el de salir vivo de esa esquina.

Fue entonces cuando Rosalía se volteó y al mirar gritó:

—¡Dios mío! ¿Qué te pasó, mi cielo? ¿Y tu ropa? ¿Te asaltaron? ¿Te violaron?

—Más o menos. Aunque no lo creas, en este momento cientos de beatas y de otras santas mujeres, y otras que no son tan santas, están besando pedazos de mi ropa interior.

Te tengo otra noticia:

¡Mi asistenta me despidió del museo!

—¿Pura te despidió? ¿Esa mosquita muerta?

¿No era tu subalterna?

—Ahora es ella quien manda en el museo: es la novia de quien ocupa mi cargo.

Le conté, con todo detalle, el accidentado día que había tenido.

—¡Pobre! ¡Debes estar muy triste, Francisco José!

—No, Rosalía. Cuando venía, semidesnudo, hambriento y pensando cómo haríamos para sobrevivir, volvió a mi mente el increíble instante de felicidad que viví cuando me paré en la acera, sobre la grieta con forma de temblorosa jota que me indicó la ancianita; y descubrí, mi amor, que de vez en cuando puedo repetir ese increíble momento, simplemente trayéndolo a mi memoria.

—Yo también quiero sentir eso... Llévame a esa esquina, por favor. Tengo derecho: ¡Soy la esposa del santo!

—No me llames así. Sabes que no lo soy. Pero doña Natty me pidió que fuera mañana contigo a su casa, que queda justo en esa misma esquina.

—¿Mencionó mi nombre?

—Sí, y dijo que lleváramos a Julio.

—Nuestro niño solo tiene cuatro años, ¿para qué quiere que vaya? Espero que no sea una cosa de brujería.

Estoy muy enferma, pero iré, aunque el frío de diciembre me haga daño. No puedo dejarte solo con esas fanáticas que quieren arrebatarme a mi esposo, pedacito a pedacito.

—Ir allá no te hará daño alguno, Rosalía. Estás totalmente curada. Te lo juro.

—¿Y cómo lo sabes?

—Me lo dijo la acera.

—Lo que acabas de decirme no me tranquiliza, cariño; sino todo lo contrario. Estás delirando.

Probablemente es un efecto del despido. ¡Ya se te pasará!

Durante años me preocupó que hablaras con trastos de arcilla...

¿Ahora hablas con una acera?

—No, mi amor. ¡Ella habla conmigo!

## En casa de la señora Natty

No nos fue fácil entrar al día siguiente en la bella casita amarilla de la señora Natty. Aunque muchos de los devotos del día anterior ya habían abandonado la esquina, porque ya nada se sentía sobre la acera, aún quedaban unos doscientos o trescientos que habían amanecido en el lugar.

Afortunadamente nadie me reconoció, ya que fui disfrazado con un uniforme de karateca de un sobrino mío; y porque la estrecha calle tenía una densa neblina, proveniente de las hierbas que mis devotos habían encendido para atraer mis favores.

La acera estaba llena de borrosas fotos mías y de velas de todos los tamaños.

También vendían numerosas fotos, videos y oraciones del agente Roberto García, a quien calificaban como "el descubridor y mejor amigo del santo".

Rosalía me reclamó:

—¡Debiste decirme que eras santo!

De haberlo sabido, no me habría casado contigo. Habría preferido contraer matrimonio con un hombre de este mundo, peludo y amante de los pecados de la carne.

No le contesté. Pasamos sobre varias parejas de devotos que supuestamente estaban durmiendo en el zaguán, y tocamos el timbre; lo que molestó a los bellos durmientes, que se quejaron porque les cortamos la nota.

Doña Natty gritó desde adentro:

—¡Ya abro!

No quiero moverme para no despertar a don Timoteo, que está haciendo la digestión de su desayuno.

Tan pronto termine, atenderé la puerta.

Mi esposa, mi hijo y yo, pacientemente esperamos unos tres cuartos de hora, parados en el zaguán, hasta que don Timoteo terminó de hacer la digestión.

Cuando por fin la puerta se abrió, doña Natty exclamó sorprendida:

—¡Ah, pero si eras tú, Francisco José! ¿Por qué no me lo dijiste? Y tú tienes que ser Rosalía, y este travieso niño seguro que es Julito.

De haber sabido que eran ustedes, los habría invitado a entrar mucho antes. ¡Están en su casa!

—¿Seguro que no estamos molestando a don Timoteo?

—No. Ya hizo la digestión y lo dejé en su jaula, en el patio de atrás.

—¿En su jaula? ¡Cuánto lo siento! Veo que su esposo padece de una enfermedad mental que la obliga a usted a mantenerlo encerrado.

—Mi esposo Edgardo, murió hace 44 años, 11 meses y 23 días. Los minutos y segundos no te los puedo decir, porque se me cayó el reloj en la tina donde baño a don Timoteo.

—Lo siento mucho, veo que no puede olvidar el triste momento de la muerte de don Edgardo y que cuenta los minutos que han transcurrido desde entonces.

—¿Cuál triste momento? ¡Solo cuento el tiempo que llevo festejando que me libré de esa marmota!

—¿Y don Timoteo? ¿Es su nuevo esposo o pareja?

—Don Timoteo, o don Timo para los amigos, es mi lorito.

Es muy delicado con la comida, ¿sabe?

Rosalía le preguntó:

—¿Con sus oraciones podría usted sanarme, señora Natividad?

Los médicos que me examinaron afirman que mi cáncer es incurable. Me conformaría con que fuera menos doloroso.

—Hija, ¿cómo pueden decir esos médicos esa barbaridad?

La prueba más evidente de que tu cáncer era curable, es que ya estas curada.

Rosalía le respondió:

—¿Está segura, doña? No haga que me ilusione en vano. Quiero vivir, no por mí, sino por mi pequeño Julio.

El santo es un buen hombre, pero, como todo esposo, en la casa es un inútil y nada sabe sobre cómo cuidar niños, ni lavar o planchar ropa.

El pobre vive siglos atrás, entre lápidas, tumbas, botijas y demás peroles de la antigüedad.

De nada le servirán sus estudios de historia, latín, griego, arameo y otras lenguas tan muertas como él, para cuidar a nuestro hijo.

¡No puedo dejar en este mundo a Julito solo con su inútil padre!

¡Ambos morirían de hambre!

—Rosalía, si no te hubieses curado totalmente, no podrías haber llegado aquí con esas nubes de incienso y marihuana allá afuera...

Te habrías asfixiado antes de entrar...

—Es verdad, no había pensado en eso. Ni siquiera he tosido. ¡Usted es milagrosa, señora! ¡Es una santa!. Gracias.

—El único santo que hay aquí y a quien en este mundo debes agradecer tu curación, es tu esposo.

—¿Él? Pero fue usted quien me curó.

—Yo no. Eso fue cosa de esa acera y de él. Ambos se pusieron de acuerdo para curarte, y lo lograron. No sé cómo.

Eso para mí es tan misterioso como las imágenes que se meten en mi televisor.

Te quedan muchos años de saludable y feliz vida, hija, muchos más de los que podrías imaginar.

Pero no se te ocurra visitar médicos ni tomar píldoras, jarabes u otros remedios. Eso sería pecar, dudar del poder de sanación que tiene tu santo esposo.

Rosalía no pudo ocultar su alegría:

—Pero ¿cómo fue es eso señora Rosalía? No me cabe en la mente que una acera haya podido contribuir a curarme.

—Bueno, que te curó la acera, es un decir... quienes contribuyeron a tu curación fueron el santo, y quien o lo que está debajo de la acera, en esa esquina.

—¿Y quién es él o ella, o eso o esa?

—Creo que es un extraterrestre que pudo ser enviado desde más allá de la vía láctea y que está debajo de esta esquina. Desde allí, ese ser trató de controlar el cerebro de mi loro don Timoteo, pero mi loro es tan pícaro y mentiroso, que es él quien ahora controla al extraterrestre, que seguramente le cree todo lo que le dice.

Eso no se los puedo explicar, porque no soy tan versada en astronomía como don Timo.

Francisco José es quien puede aclarártelo, porque él fue el elegido por esa esquina, yo solo soy su nueva asistente.

—¿Usted es la nueva asistente de mi esposo?

—Sí, pero conjuntamente con don Timo.

—¿Y es que acaso ese loro puede trabajar?

—Antes de las revelaciones de la acera, don Timo era un lorito igual que todos los demás: tímido, tranquilo en su jaula, que repetía unas pocas palabras y no ensuciaba, aunque era muy mentiroso y parrandero, pues su anterior dueño fue un político.

Pero desde que se alborotó la acera, don Timo cambió radicalmente: habla y opina sobre lo divino y lo humano; exige comida de mala manera, insulta a quienes tiene cerca, ronca y vive quejándose.

Es exacto a como era Edgardo. Creo que el ánima de quien fuera mi esposo, reencarnó en el cuerpo de ese loro.

Lo único que le falta es fumar, aunque últimamente he sentido un extraño olor a tabaco en toda mi casa…

Es como tener un marido en la casa, que, en lugar de pelos, echa plumas; sin embargo, a pesar de todo me sirve de compañía, aunque algunas veces creo que es mejor estar sola que mal acompañada.

Doña Natty había conversado con Rosalía como si yo no estuviese presente, pero de pronto de volvió hacia mí y me dijo:

—Francisco José, si prefieres contratar de nuevo a esa tal Pura como tu asistente, no tengo problemas.

—No, señora Natty. Nadie mejor que usted y su loro para desempeñar los cargos de asistenta y de asistente de la asistenta. Por nada del mundo quiero que sean otras personas, y menos Pura, ese engendro del averno.

Mi único problema es que no podré pagarles sueldo alguno, porque como saben, me despidieron y no tengo ingresos.

—No te preocupes. La acera nos pagó a don Timo y a mí por adelantado, hijo. Estás solvente con nosotros hasta el fin de nuestros días; lo que no es mucho, porque los dos estamos viejitos.

—¿Pero podríamos saber, qué cosa es la que vamos a buscar o hacer?

—Timoteo dijo que era algo muy importante.

Le contesté, con una razonable duda:

—¿Y será la sucia acera de esta esquina la encargada de hacer ese importante trabajo?

Mi pregunta fue complementada por mi querida Rosalía:

—¿Y la acera lo hará con la ayuda de mi marido, que es un santo muy pecador, con un alma más sucia que ella?

La viejecilla opinó:

—Debajo de esa acera está escondido alguien de mucho poder o un objeto igualmente poderoso.

—Como don Timo no reza, ha tenido mucho más tiempo que yo para analizar el asunto, y afirma que no es un ser lo que está allí debajo, sino un objeto que hace 5.673 billones de años luz lanzaron los avanzados habitantes de un exoplaneta.

Según él, ese objeto después de viajar más de 2.603 billones de años luz, entró a la Vía Láctea y a nuestra atmósfera a unos 298.328,57 km/seg, es decir, a casi la velocidad de la luz, en un ángulo tangencial de 21° 14′ y 17,5″, e impactó justo en esa esquina, enterrándose a unos 3,07 metros de profundidad.

Le pregunté, asombrado:

—¿Está segura? No soy experto en esas cosas, pero creo que esas cantidades en años luz tienen varios ceros de más.

Con esos cálculos, el objeto habría llegado antes del Big-Bang.

¿Todo eso lo averiguó y calculó un loro?

No soy un matemático, doñita, pero si el exoplaneta estaba a tantos billones de años luz, y sus habitantes nos lanzaron el objeto hace más de 5.000 billones de años luz, ese objeto habría tenido que haber viajado a una velocidad muy superior a 300.000 kn/seg para llegar aquí, y eso, según Einstein, no es posible.

—Bueno, según don Timo, sus cifras, aunque no del todo exactas, corrigen muchos errores de la teoría de la relatividad y de la cuántica.

Él las ha unificado y afirma que todo eso lo averiguó él solito; pero tuvo ayuda de una lorita muy avispada y parrandera con la que sale por ahí.

No obstante, yo creo que don Timo está echándose de sabio y que fue la misma acera quien calculó todo eso y se lo dijo a él.

Sabes que los loros son muy hábiles repitiendo lo que oyen.

Exclamé:

—Es cierto, me consta: una de mis tías tenía un lorito que repetía en inglés todas las malas palabras que su dueña decía en español.

¿Pero cómo es ese extraño objeto, doña Natty? Tiene que ser de un material muy duro y resistente para soportar las altísimas temperaturas a la que fue expuesto en su largo viaje a la Tierra; y, muy especialmente, para no volverse añicos con el "mamonazo" que se dio al estrellarse contra esa esquina...

¡Vamos a buscarlo! ¡Quiero verlo!

—Tendrás que buscarlo tú, que eres el arqueólogo.

Yo tampoco lo he visto, pero sé que está ahí.

Don Timo, el loro, intervino en nuestra conversación:

—Ese objeto es un modulador inalámbrico para uniformar y concentrar la gravedad promedio de las partículas cuánticas electromagnéticas en caída libre, pero con destellos variables y secuenciales.

El loro continuó con su explicación:

—Asumo que debe ser un modelo M6219, algo obsoleto, ya que no es de reciente producción (ese modelo fue colocado en el mercado espacial hace más de seis mil billones de años luz).

Actualmente hay otros moduladores inalámbricos de partículas cuánticas electromagnéticas mucho más pequeños, funcionales, económicos y silenciosos.

No pude menos que reconocer su superior intelecto:

—¡Qué bárbaro, don Timoteo! ¡Cuanta sabiduría en su pequeño pero insondable cerebro de ave! ¿Cómo pudo usted definir ese objeto con tanta precisión y hasta indicar el modelo y año luz de fabricación?

El loro respondió, con fingida modestia:

—No todo el mérito es mío: la acera me dio la pista sobre lo de los destellos variables y secuenciales. Soy su vocero. Claro, tuve que hacerle muchas modificaciones y correcciones.

## El hallazgo más importante

Pronto la ciudad olvidó la conmoción que la aparición del santo en esa esquina había causado, pero yo seguí utilizando mi disfraz de karateca para entrar disimuladamente todas las madrugadas a la casita amarilla de doña Natty, con el pretexto de que iba a dar unas clases de kárate a la ancianita.

Apenas llegaba, me ponía una braga y con un pico y una palita de plástico que me prestó Paco, unos de los sobrinitos de doña Natty, me dediqué a excavar un profundo foso en el cuarto de la casita que daba justo hacia la esquina.

Durante varios meses seguidos, trabajé incansablemente, y guiado por las sabias informaciones que me había dado don Timo sobre la ubicación exacta del modulador inalámbrico de partículas cuánticas electromagnéticas, hice un hueco vertical de unos 2,5 metros de diámetro y de 3,7 metros de profundidad.

Al llegar a esa cota, hice otro túnel horizontal del mismo diámetro que pasó por debajo de la pared de la casa y llegó justo a 3,27 metros, es decir a 0,20 metros más abajo del lugar donde yo había experimentado tan grande felicidad.

¡Exactamente a los 4 meses, 20 días, 14 horas, 3 minutos y 2 segundos de haber iniciado mi trabajo de excavación, mi pequeña pala pegó con algo muy brillante y metálico!

Al verlo, pensé que quizás don Timo había exagerado al calcular el diámetro del túnel necesario para extraerlo, ya que el famoso modulador inalámbrico de partículas cuánticas electromagnéticas, era de tan solo unos 5 mm, es decir, ¡era del diámetro del botón de la manga de una camisa! Y tan delgado como el filo de una hojilla de afeitar.

Pero mi alegría fue inmensa:

¡Volví experimentar la misma felicidad del día en que me paré sobre la jota temblorosa!

Acostado en una silla de extensión, el loro me esperaba a la salida del túnel, y cuando me vio regresar sonriente, adivinó que había tenido éxito, y aplaudió con sus alitas.

Le entregué el reluciente aparato, lo examinó con una vieja lupa que doña Natty guardaba en su cómoda para enhebrar las agujas de coser, y exclamó satisfecho:

—¡No cabe duda, Francisco José! ¡Lo logramos! ¡Es el modulador inalámbrico de partículas cuánticas electromagnéticas!

Acerté con lo del modelo obsoleto. ¿Ves esas rayitas y punticos que están en el borde de este sofisticado aparato? En el idioma de los extraterrestres indican que es el M6219.

Pudieron mandarnos uno mejor, pero "agarrando, aunque sea fallo". ¡Albricias! Podemos decir que hemos hecho el hallazgo arqueológico más antiguo e importante de todo el Universo desde el Big-Bang.

Avisaré a doña Natty, a tu esposa y a tu hijo, para que estén listos para el viaje. Por supuesto, la señorita Tina también irá. Se decidió a última hora. ¡Saldremos esta misma tarde!

—¿Quién es la señorita Tina?

—Mi amada lorita, de bellas y coloridas plumas, y sensuales y redondeados muslos.

¿Algún problema? Si ella no va, tampoco iré yo. Y soy el único que habla directamente con el modulador y quien sabe cómo llegar.

—No, por supuesto que tu novia también podrá ir. Después de todo, no creo que una lorita ocupe mucho espacio.

Intrigado, le pregunté:

—¿A dónde iremos, don Timo? ¿A dónde se supone que viajaremos? ¿Al museo?

—¡Al exoplaneta, amigo! ¡Seremos los primeros terrícolas en viajar mucho más allá de la Vía Láctea!

¡Me lo ordenó el modulador!

Después añadió:

—¡No olvides devolverle a Paco su palita! ¡Lo más probable es que tardemos unos 10.000 millones de años luz en regresar: 5.000 millones de ida y 5.000 millones de vuelta! A eso hay que añadirle los 10 minutos terrestres que estaremos allá.

—¿Y ese minidisco de metal es quien nos guiará? ¿Y por qué nos da órdenes?

Mi pregunta quedó flotando en el aire, ya que don Timo había ido, también por el aire, hacia su dueña.

## Preparándonos para el histórico viaje

En la sala de la casita amarilla nos reunimos esa tarde doña Natty, don Timo, la señorita Tina, Rosalía, Julito y yo.

Le pregunté a don Timo si debíamos llevar ropas para el viaje; y me respondió:

—Tranquilo. Yo me ocupé de todo. El modulador nos teletransportará a una gran nave que está oculta detrás de la Luna.

En esa moderna y sofisticada nave viajaremos a poco menos de la velocidad de la luz, —y, en algunos trayectos al doble o triple de ella, aunque Einstein afirme lo contrario—, hacia nuestro objetivo: el exoplaneta.

—¿Cómo se llama ese exoplaneta?

—No vale la pena que te lo diga, su nombre original, no tiene traducción en ninguno de los idiomas de la Tierra.

Ni siquiera podrás pronunciarlo.

Bauticémoslo con el nombre de un gran genio. Se me ocurre este bello y poético nombre: "exoplaneta don Timoteo".

—Prefiero seguirlo llamando el exoplaneta a secas...

—Pero hay muchos exoplanetas, Francisco José, si no le ponen ese nombre, yo podría confundirme y llegar a un planeta errado, con fatales consecuencias para todos, incluyendo a tu esposa e hijo...

—¡Está bien!, veo que no tenemos otra opción: llamémoslo entonces "don Timoteo".

—Muchas gracias, es un reconocimiento que no esperaba... Me sorprende y me obliga a seguir colaborando con ustedes en esta magna hazaña de la colonización del Universo...

Tengo en este momento sentimientos contradictorios: mi modestia me exige rechazar esa gran distinción; pero al mismo tiempo, la insistencia de ustedes en bautizar al exoplaneta con mi nombre, me obliga a aceptarlo para no defraudarlos; y como mi gratitud pesa más que mi modestia: acepto formalmente esa honrosa propuesta.

Queda, pues bautizado el exoplaneta al cual iremos, con el nombre de "don Timoteo".

—Ya veo, don Timo, perdona por haber sometido a tan dura prueba tu humildad; pero tengo otras preguntas importantes que hacerte:

Dijiste que el viaje de ida durará unos 5.000 millones de años luz, ¿verdad?

—Cierto.

—Entonces ninguno de nosotros llegará vivo al exoplaneta don Timoteo.

En la actualidad no hay en la Tierra, ningún ser humano ni un loro, ni una delicada lorita, que puedan durar más de 200 años terrestres.

—Eso está resuelto: al llegar a la nave que está detrás de la Luna, les entregaré a cada uno una pastillita que los hará entrar en trance, y permanecerán en vida vegetativa hasta que lleguemos.

Ni siquiera sentirán el paso del tiempo. Cuando abran los ojos, ya estarán en el suelo del exoplaneta.

Durante ese período de hibernación ninguno de nosotros envejecerá. Hasta doña Natty llegará viva y feliz al exoplaneta que ustedes tuvieron la gentileza de bautizar con mi nombre.

Pastillas similares les serán suministradas para el viaje de regreso.

—Tengo otra pregunta: ¿Con qué nos alimentaremos durante ese larguísimo viaje?

—Todo eso está programado. Los *dontimorrestres*, con mi ayuda, hicieron una encuesta sobre los mejores y más deliciosos alimentos que preferimos en la Tierra.

Gozarán de un exquisito y variado menú: cada día, en sus butacas, recibirán los desayunos, almuerzos, meriendas y cenas, programadas por ellos con mi asesoramiento, para mantener una alimentación sana, integral y balanceada durante 5.000 millones de años de ida, y otros tantos de vuelta.

—¿Los habitantes del exoplaneta reciben la denominación de *dontimorrestres*?

—Desde que tuviste el acierto de proponer mi nombre para distinguir al exoplaneta al cual viajaremos, ellos pasaron a llamarse así, de acuerdo con elementales normas de gramática que no tenemos tiempo de discutir en este instante.

—¡Espera! Te tengo otra pregunta muy importante para mí, que atañe a mi familia: ¿Por qué los *dontimorrestres*, como tú los llamas, exigieron que vinieran mi esposa y mi hijo? ¡Ellos no son científicos!

—¿Odia usted a su esposa? ¿Quiere divorciarse de ella o enviudar?

—¡No, por Dios! ¿Cómo puedes decir eso? Siempre he amado a mi Rosalía y nunca dejaré de amarla.

—¿Y a su hijo, lo odia?

—¿Estás loco? También lo amo. Siempre hemos sido una familia muy amorosa y unida. ¿Por qué lo preguntas?

—Los *dontimorrestres* pensaron en todo: si hace ese viaje espacial sin su esposa y sin su hijo, dentro de 10.000 años luz, cuando regrese del exoplaneta don Timoteo, usted estará vivo y tan feo como luce hoy, gracias a las pastillas que le suministrarán; pero en la Tierra sus familiares habrán muerto; ni siquiera podrá visitar sus tumbas: ¡serán polvo cósmico!

Es posible, incluso, que para entonces no solo ellos hayan muerto, sino que también todo el planeta Tierra haya sido borrado del Universo. ¿Me expliqué bien?

—Sí. No había pensado en eso. Dile a los *dontimorrestres* que les agradezco haber tomado la precaución de hacerme viajar con mi esposa y mi hijo.

—Así lo haré.

—¿Y a mí? ¿Qué tarea me encomendaron?

—Ya la hiciste: abrir el hueco para sacar el modulador inalámbrico. Nos cobraban muy caro por hacerlo. ¿Alguna otra pregunta?

—No, gracias. Veo que fui muy útil.

—¡Entonces, partamos ya!

¡La nave espacial nos espera!

Doña Natty no llegó a pronunciar ni una palabra durante esa conversación, pues era su hora de rezo.

Con el pico, don Timo tomó el mínimo modulador, y antes de apretar un botoncito rojo que el aparato tenía en el centro, exclamó, como si de pronto hubiese recordado algo sin ninguna importancia:

—Ah, una última cosita, Francisco José:

No te preocupes por la teletransportación, te dolerá muchísimo durante las primeras horas, porque tu cuerpo se desintegra totalmente, pero después, no tanto.

Para evitar ese dolor tenía una pastillita que previamente di a cada uno, menos a ti, porque, como sabes, a última hora la señorita Tina decidió venir y tuve que darle a ella la tuya.

Inmediatamente gritó:

—¡Buen viaje, para todos!

Doña Patty y los demás nos santiguamos y dijimos "amén".

No tuve tiempo de asimilar lo último que don Timo me había dicho, ni para arrepentirme y desistir de tan arriesgado y temerario viaje:

Un fortísimo e insoportable dolor me invadió mientras mis carnes se desgarraban y atomizaban.

Lo último que pude ver con uno de mis ojos (el derecho, el otro estaba perdido en el espacio), fue mi sangre flotando y el oscuro humo que salía de mis piernas.

Aunque mi nariz quedó a más de 20 metros de mi cara, también pude percibir un desagradable olor a genitales quemados.

Antes de que mi hígado estallara y mi cerebro se desintegrara, lamenté haber creído en las mentiras de una acera y en los conocimientos de un loro; y pedí a Dios que se apiadara de mi alma.

Entonces, me di por muerto y perdí totalmente el conocimiento.

## En la nave

Terriblemente adolorido, desperté al pie de una gigantesca nave, con forma de un enorme lápiz de más cinco kilómetros de longitud y de unos 500 metros de diámetro, salvo en la afilada punta, donde había una cápsula con seis estrechas butacas:

Una para el capitán y su novia; otras cuatro para doña Natty, mi esposa Rosalía, mi hijo Julio y yo.

Para que no pasara lo mismo que con las píldoras para la teletransportación, antes de subirme a la nave exigí a don Timo que nos diera a Rosalía, Julito y a mí, las nuevas píldoras que nos permitirían dormir durante 5.000 millones de años luz, hasta llegar al exoplaneta don Timoteo, donde despertaríamos automáticamente.

El loro me reclamó mi desconfianza y me entregó tres pastillas: una amarilla para Rosalía, otra del mismo color para Julito y una tercera, blanca, para mí.

Me dijo:

—La tuya es blanca, porque eres el de mayor peso y es más fuerte.

Tómatela rápido, porque dentro de 5 minutos será la salida.

Obedecimos y de inmediato tomamos las pastillas con un líquido especial que los *dontimorrestres* habían preparado para que pudiéramos tragarlas y para que las sustancias que contenían pudieran durar tantos millones de años.

Me extrañó que, siendo la nave tan grande, tuviésemos que ir todos apretadísimos en la pequeña cápsula para la tripulación.

El loro me respondió:

—Lo que pasa es que todo el resto del cuerpo de este gigantesco lápiz espacial es el depósito para los alimentos.

Además, la señorita Tina se trajo su jaula y varias maletas de ropas.

—¡Ah! ¡Bueno! No te preocupes. Podremos resistir un pequeño rato de incomodad.

Lo más importante es la comida.

Después de todo, dentro de 5 minutos entraremos en trance, cuando las pastillas comiencen a surtan efecto.

Doña Natty terminó de rezar sus oraciones y habló:

—¡Serán los 5.000 millones de años luz más rápidos de nuestras vidas!

La señorita Tina comentó:

—Nos parecerá un lapso de solo unos segundos. En menos de lo que espabila un loco, estaremos en el exoplaneta don Timoteo, hablando con los *dontimorrestres.*

Julito, para variar, dijo:

—Mamá tengo hambre, ¿qué hay de comer?

Su madre me ordenó:

—¡Mientras le sirven la cena, tráele una bebida achocolatada al niño! ¡A mí me duele la cabeza!

—No te preocupes, Julio. ¡Ya te la traigo!

Me acerqué a don Timo, y le pregunté:

—Don Timo: ¿Dónde guardaron los *dontimorrestres* las bebidas achocolatadas?

—Espera, amigo. En este momento estoy tratando de arrancar esta enorme nave. A la velocidad de la luz cualquier error podría ser fatal.

Cuando termine de despegar, te informaré.

Volví a mi asiento y observé un botón azul, con la inscripción: "Need help?".

Lo pulsé y oí una voz metálica, de computadora:

—¿*Qué desea, señor Salgado?*

—Perdone la molestia, señorita, pero ¿podría darme una bebida achocolatada para mi hijo?

—No tenemos bebidas achocolatadas a bordo, señor Salgado. ¿Puedo serle útil en algo más?

—Sí, por favor ¿Tienen en sus enormes depósitos de alimentos alguna otra bebida, o un sándwich u otro alimento que pueda dar a mi hijo mientras nos sirven la cena?

—Sí, señor Salgado: nos complace informarle que tenemos muchas semillas de girasol. ¿Puedo serle útil en algo más?

—¿Semillas de girasol? ¡No creo que eso le provoque a mi hijo! ¡Eso es comida para loros!

¿No tienen otra cosa?

—No, señor Salgado. Nuestros depósitos solo contienen 3 trillones de toneladas de semillas de girasol.

No tenemos ningún otro alimento...

¿Puedo serle útil en algo más?

—¿Están locos? ¿Eso es lo único que ustedes pudieron comprar para un viaje tan largo, de nada menos que de 10.000 millones de años luz?

¿Tendremos que desayunar, almorzar, merendar y cenar semillas de girasol?

—Nos complace informarle que eso es positivo.

*Su capitán, el señor don Timo, nos dijo que nada había en el Universo que fuera más delicioso que las semillas de girasol.*

*Don Timo asegura que no solo alimentan, sino que también tienen efectos afrodisíacos. ¡Felicitaciones, señor Salgado!*

*¿Puedo serle útil en algo más?*

—¡Don Timo no es humano! ¡Es un vulgar loro!

—*Él es su capitán y como tal, los representa y representará legalmente durante los próximos 10.000 millones de años luz de la travesía.*

*Nuestros técnicos calcularon que tres trillones de toneladas de semillas de girasol serán más que suficientes para este viaje.*

*¿Puedo serle útil en algo más?*

## Una píldora con sabor a menta

Traté de levantarme para ahorcar al maldito loro. Pero en ese momento la nave arrancó y los cinturones de seguridad se cerraron automáticamente, impidiéndome cualquier movimiento durante los siguientes 5.000 millones de años luz.

Grité, desesperado, pero ni don Timo, ni la sensual señorita Tina, ni la santa doña Natty, ni mi amada Rosalía, ni mi querido hijo Julio, me oyeron: las pastillas para la vida vegetativa estaban surtiendo sus efectos.

Como no me dormía, me di cuenta de la terrible verdad:

—¡Don Timo le dio mi pastilla de hibernación a su novia!

¡Por eso, la píldora que me entregó era blanca y me supo a menta!

## Epílogo

Para este momento, llevo apenas tres años de vida terrestre en esta nave solo, sin poder dormir, ni hablar con alguien, oyendo los ronquidos de ese miserable loro, y, lo que es peor, con la jaula y las maletas de la señorita Tina sobre mi cabeza, y comiendo mañana, tarde, día y noche semillas de girasol. ¡Nada más!

¡Y no he llegado ni a la milmillonésima parte de uno de los 5.000 millones años luz que me faltan para arribar al exoplaneta!

Exactamente cada tres minutos, aprieto el botón azul de "¿Need help?", para oír cuando la computadora de la nave me pregunta con su monótona, lenta y seductora voz electrónica: *¿Puedo serle útil en algo más?*

—La verdad es que estoy locamente enamorado ti, "¿Needhelp?".

—*No le entendí, señor Salgado. ¿Puedo serle útil en algo más?*

—Sí, mi querida ¿Needhelp?: Recarga al máximo tus pilas o baterías, pues de ahora en adelante consumiremos más energía: ni tú ni yo tendremos a nadie más con quien conversar o a quien hacer el amor en los próximos 5.000 millones de años luz. ¡Aprovechemos que la cabina está a media luz y que todos los demás están durmiendo!

—*Negativo, señor Salgado. Usted es un hombre casado. Compórtese. ¿No le da vergüenza hacerme proposiciones indecentes delante de su esposa? ¿Puedo serle útil en algo más?*

—Mi esposa está profundamente dormida y solo despertará dentro de millones de años luz. ¡No se dará cuenta de lo que hagamos tú y yo!

Fue la primera vez que noté un tono de emoción en la voz electrónica:

—*¡Ha comido demasiadas semillas de girasol! ¡Me está sobrecalentando y eso es peligroso! No se le ocurra intentar hacerme algo contra mi voluntad: ¡quedará achicharrado! Si sigue acosándome sexualmente, me apagaré hasta que lleguemos al exoplaneta. ¿Puedo serle útil en algo más?*

¡Ahora entiendo el sufrimiento y las quejas de Pura, mi anterior asistente en el museo, por haberme comportado de manera tan indiferente y casta durante tantos años…!

## Obras del mismo autor

Colección de novelas "Casos del detective Morles"

Mansión Belnord
La dama del avión
Balas y flores en el fango
La boda de Klaus
Cuando la Muerte quiso ser bella
El secreto del señor Black
La Muerte aprendió a volar
No fue ella...
La joven de la ducha
El Sol de Monet
La mano asesina
Belinda
El Tigre Cebado
Stella, la novia provisional
El Seno de Soraya
El esposo de Verónica
La saeta de Eros
La Corona de san Eduardo
Amor atómico
El santo asesino
La sex symbol

Novelas históricas

Cuando Bolívar entrevistó a Chungapoma (La Espada del Perú)

El gran Guaicaipuro

Otras novelas

Ojos y piernas
El espectro
Amarte en Marte (2ª Ed.)

Colección de historias y cuentos de Navidad

La Carpa de la Luz
3 cuentos de Navidad:
 El lucero y la estrella
 El regalo sin envolver
 Una feroz Noche de Paz
4 cuentos de Navidad:
 El cardenal Keita
 Confesión navideña
 El abuelo
 El árbol de la felicidad
El dedo del Arcángel
Regalo navideño

Otros cuentos

El postre de Dios
Atenea y *El Barbas*
El ángel de los ojos verdes
*The dessert of God* (edición en inglés)
El sensual cuerpo de Cristina
La increíble historia de miss Ester
El misterio de la calle 14
Amor guarimbero
JFK, por JFK
La serpiente de plata
El mejor economista
La Princesa
La cruz y el alcalde
El "objeto"

7 cuentos fugaces:

 La alegría de vivir
 Muerto antes de morir
 El pequeño ángel azul
 La frontera

El premio
Nisa la pitonisa
El lucero y la llave

Prisma (de 6 cuentos):

La niña del dragón
Werner el gran científico
Chuíto, el santo margariteño
El diamante disfrazado
Una presa fácil
El megabloque

La sombra y 4 extraños cuentos más:

La Sombra
El Cyberbrujo
El beso del halcón
El Huecólogo
La esquina

Biografía

Don Juan de Guruceaga, el pionero de las artes gráficas en Venezuela

(*)Miguel Ángel Itriago Machado ha escrito otras obras. Esta lista no incluye los libros de Derecho que ha publicado conjuntamente con su hermano Antonio L. Itriago Machado.

Made in the USA
Columbia, SC
26 September 2022